广州生长录

李若瑄◎著

岭南新语书系

南方日报出版社
NANFANG DAILY PRESS
中国·广州

图书在版编目（CIP）数据

广州生长录 / 李若瑄著. — 广州 : 南方日报出版社,
2023.11

（岭南新语书系）

ISBN 978-7-5491-2614-9

Ⅰ. ①广… Ⅱ. ①李… Ⅲ. ①散文集－中国－
当代Ⅳ. ①I267

中国版本图书馆CIP数据核字(2022)第175816号

GUANGZHOU SHENGZHANG LU
广州生长录

著　　者：李若瑄
出版发行：南方日报出版社
地　　址：广州市广州大道中289号
出 版 人：周山丹
策划统筹：谭庭浩
责任编辑：陈　焱
装帧设计：邓晓童
责任校对：阮昌汉　朱晓娟
责任技编：王　兰
经　　销：全国新华书店
印　　刷：广州市岭美文化科技有限公司
开　　本：889mm×1194mm　1/32
印　　张：7.25
字　　数：134千字
版　　次：2023年11月第1版
印　　次：2023年11月第1次印刷
定　　价：48.00元

投稿热线：（020）87360640　　读者热线：（020）87363865

目录

前言 / 001

上编 近代广州年轮 / 005

城市的年轮：广州生长史 / 006

长堤：百年CBD与近代化广州 / 029

摩登大厦：藏在建筑里的长堤记忆 / 047

骑楼：变通中西的南国商街 / 069

南海丝绸之路与浮动的城市 / 085

下编　浮沉十三行 / 105

十三行是一张巨网 / 106

外商•行商•官员 / 133

茶叶，绿色黄金的崛起 / 154

鸦片渗透两百年 / 174

鸦片战争与十三行巨变 / 192

结语 / 225

前　言

广州是一个久不被外人了解的城市。尽管拥有长达2200多年的建城史——倘若按照明代黄佐《广东通志》的说法，这个时间还得再往前推648年，但很多广东以外的人对它的认识是从20世纪70年代末开始的。改革开放的汹涌大潮，让世人认识了广东人“敢为天下先”的无畏精神；90年代伴随着粤菜在全国范围的流行，“生猛海鲜”一度成为高档食材的代名词，也给人留下了“广东人什么都吃”的刻板印象。而今发达的互联网让个体成为信息和内容的制造者与输出者，然而各种并非出自恶意的“梗”和段子却将广州的形象构建得愈发标签化，比如“广州大蟑螂”“广东红包”“万物皆可热气”，还有近来很火的“广州房东划龙舟”。

这些印象虽然显得片面刻板，但毫无疑问，它们都是广州气质的一部分，都说“一方水土养一方人”，碎片化现象背后隐藏的是关于广州自然、地理、历史与人文的密码，然而误解也恰恰在这里。

广州欹枕珠水云山，面朝南海碧波，虽物产丰富，兼有舟楫之利，但因地处五岭之南，不仅有山脉阻隔，与中原地区之间还横亘着一片跨越8个纬度、10个经度的东南丘陵。尽管历代王朝统治者们皆深谙这里是贸易重地、财赋之薮、交通海外的重要节点，但在交通不便的古代，对于平民百姓而言，那已经是远在八荒的瘴疠之地，一旦前往，此生大概就再难回到故土。

因而，对于广州，历来官方与民间是两套认知体系——甚至对于中央政府而言，广州远离王畿，政治意义并不很重要，即便产生骚乱也不容易波及中央。或许是因为这个原因，广州从古至今一直是中央政策的“试验田”——唐代在这里设置了第一个市舶使，宋代在此首设市舶司，并颁布了相关条令《元丰广州市舶条》，清代对外贸易制度十三行行商制度亦诞生于广州。甚至中国历史上三次“一口通商”都将广州作为那唯一开放的口岸（明朝嘉靖1523—1566年、清朝顺治至康熙1655—1684年、清朝乾隆至道光1757—1842年）。此外，广州还是中国近代第一个建制市，也是现代改革开放的先行地。

广州一直就有商业的基因，自先秦时期起传承了几千年，与中原儒家文化相结合，形成了一套独特的兼有海洋文化、商业文化和农耕文化因子的文化体系。但无论“番禺，其一都会也”，还是“海外诸国，日以通商”，抑或“金山珠海，天子南库”，在大众层面都鲜为人知。这一方面是因为交通阻隔导致信息闭塞，另一方面在以农为本的古代，商业处于末等，商人亦毕竟是少数，商业信息不容易被关注。反倒是时不时听说罪民贬官被发至岭南，固有印象便由此形成，并一代代流传下来。

可以说，数千年以来，广州及岭南文化的表达在中原大众视野里是缺失的。改革开放让大众的目光终于投向这里，他们看到了拔地而起的工厂、如火如荼的对外贸易以及飞速发展的经济，却没有注意到这里原本就有厚达几千年的人文商业积累——而这才是广州之所以成为今日之广州的根本原因。一个有趣的现象是，粤港澳大湾区的“9+2”城市群都曾被先后冠以“文化沙漠”的称号，某种意义上，“文化沙漠”成为湾区城市共同的“文化符号”。这些年来虽然地方政府和民众为了推广和传播广州及广东文化做了很多努力，但固有印象的消除尚需时日，而网络热梗虽然有趣，但从某种角度而言，仍旧是误解的延续。

作为一名外来人，我对广州也有一个从误解到有所认知，再到了解的过程。了解谈不上多深入，但足以让我感受到广州独特的人文魅力。正如上文所言，广州是多元文化融合之地，儒家文化的宽容、谦虚、务实、低调，海洋文化的敢为天下先的大无畏，商业文化的实用主义和经济意识，共同构建了广州的城市底色和性格。活泼的商业氛围是千年以来广州有别于内陆其他都会的显著特征，本书正是抓住这一特征，围绕着广州的对外贸易和文化交流，截取不同历史时期的城市片段成文，为读者提供一个粗略了解广州的孔径，倘若能稍微改变“误解”情况，那便是本书最大的贡献。

上编

近代广州年轮

城市的年轮：广州生长史

广州很像一棵树。

自公元前214年秦始皇派任嚣、赵佗率领50万大军统一岭南、建造番禺城（任嚣城）起至今，在长达2200多年的历史中，这座城市在不同的时代呈现着不同的风貌——从海水汤汤、浮丘点点，到沙洲堆积、陆地成片；从濒临海洋到远离海洋，从弹丸之城到国际都市……将广州历代的城市地图叠加在一起，可以清晰地看到一圈圈由不同时代的城市边界形成的年轮，年轮的中心是最早的广州城，而一圈圈边界是每一次城市扩张留下的痕迹。两千多年来，广州就像一棵树那样生长着，将历史与文化沉淀在层层年轮里。

一、山川形胜，沧海桑田

公元前214年，当任嚣和赵佗观察广州的地形时，一定大声赞了一句："好！"他们为什么要叫好呢？400余年后，东吴的步骘来到这里，给出了答案："斯诚海岛膏腴之地，宜为都邑。"两千多年前，在任嚣们的眼中，这里北面有山可以作为屏障，南面辽阔的大海与三江相连，物产丰富，利于舟楫交通。山海之间，高岗台地可以营建宫室，免受海潮侵袭，平原谷地则土壤肥沃可事生产，是一处既可顺江进攻，亦可据而守之，还可退避海上的战略要地，因此"宜为都邑"。

对比古代文献的描述和今天广州的地理风貌，会发现变化非常大，最显著的莫过于海岸线的南移。两千多年前的广州，"负山带海，博敞渺目"，如今南沙湾是离广州最近的海岸，距离市中心在60公里以上。造成这一变化的主要原因，宏观上看是由于以西江、北江和东江为主

广州城旧照

的珠江水系汇流入海时，携带的泥沙堆积在珠三角浅海溺谷湾，形成复合型三角洲，将海岸线逐渐南推；而微观上则是因为珠江、流溪河、沙河、文溪等在珠江北岸堆积河道沙洲，淤积成陆，加上历代人工围填，迫使珠江河道收紧、南移。这些陆续新生的陆地称为珠江平原，是广州城市扩张的基础。

尽管广州风貌一直在变，但基本地形结构却没有太大变化，大致可以分为四个区域：北部白云山山地，中部越秀山丘陵地和广州台地，南部、西部和东部珠江平原，海拔高度依次递减，呈现出北中高三面低的状态，城内沟濠水系多自北向南汇入珠江。历代营建广州者，无一不是以白云、越秀为御，在台地建造宫署官衙，沿着平原的生长方向扩大城市范围，开辟市廛和民居，从这个角度看，广州其实千百年来一直未变，只是越来越大了。

二、秦汉：越城作起点，商机海上来

今天的中山四路316号，是秦汉之际南越国的宫署遗址。以此为中心，北至越华路，南至西湖路，西至华宁里，东至芳草街的范围，就是南越国国都——越城所在地。

越城古称番禺城，为了与三国东吴步骘重建的番禺城区别，后人取南越国的“越”字称为“越城”，也叫“赵佗城”。越城不是从一片白地建成的，而是赵佗增筑秦代南海尉署任嚣城所得。根据《竹书纪年》《羊城古钞》《广州记》《南越志》等古籍的说法，任嚣城再往上追溯则是楚国的楚庭（五羊城）、越国的南武城和吴国的南武城，从最早地处番山和禺山一带的小城（今城隍庙到永汉电影院），依次增筑扩大，到南越赵佗时期，已是一座长十里的城池了。

把越城的范围置于今天的广州来看，狭小得不值一提，但广州成为“千年商都”和贸易大港的征程便是从这里拉开序幕。事实上，早在先秦时期，岭南先民就在南海及南太平洋沿岸开辟了以陶瓷为纽带的交易圈，任嚣、赵佗平岭南之后，秦王朝调发了50万人前来开发岭南，其中包括大量商人。商人逐利的天性令他们迅速融入岭南先民的交易圈，并凭借自中原带来的先进手工业技术进一步扩大了交易范围。他们将珍珠、玳瑁、犀角、象牙、金银器、玻璃等奇珍自海上运到越城，又从越城运走漆器、陶器、青铜器、布匹、丝织品等，很快，越城便作为岭南都会而声名鹊起。

位于解放北路象岗山上的西汉南越王博物院王墓展区，是南越国第二代王赵眜的陵墓，其随葬珍品中有一件来自波斯的蒜头纹银盒，充满异域风情的盒身

蒜头纹银盒

上，按照汉代银器的特点加装了圈足和盖钮，并在器身留下铭文，可谓最早的中西合璧，不仅证明了当时海外贸易的存在，也从侧面体现了南越国的手工业技术水平。

越城的繁荣持续了数百年。即便南越国于公元前112年被汉武帝所灭，越城从一国之都变成交州管辖下的一座城，但它非但没衰败，反而作为海上丝绸之路的始发港，因贸易之故愈加繁荣起来。《汉书·地理志》描述其“多犀、象、毒冒、珠玑、银、铜、果、布之凑，中国往商贾者多取富焉。番禺，其一都会也”。公元217年，交州刺史步骘因越城经济发达，将交州州治从广信（今广西梧州、广东封开一带）迁来越城，并扩建城池，是为步骘城。

从晋到唐，因226年孙权拆分交州而得名“广州”的这个中国南方重镇，没有明显的扩大，但城市却因人口众多，越来越繁荣。到什么程度呢？《南齐书·王锟传》里记录了一条当时民间流传甚广的说法，说广州刺史只要从城门经过，就能收得三千万钱。这说明当时的商品贸易主要集中在城门近水一带，方便运输。魏晋南北朝时期，广州与海外的交通往来更加频繁，当时已经有比较成熟的远洋航线，从锡兰（斯里兰卡）到广州，大约50天便可达。

佛教在晋代自海上传来，第一站或许便是广州。迦摩罗尊者是第一个从海道进入中国的梵僧，他在广州城西建造的三归寺（又作三皈寺）和仁王寺，是岭南最早的寺庙；随后高僧昙摩耶舍在今光孝路建王园寺（光孝寺前身）；禅宗祖师达摩在今下九路附近“西来初地”登岸，并建西来庵（华林寺前身）。

三、唐代：州城三重，岭南都会

进入唐代，得益于海上丝绸之路带来的发展，广州成为四大港口（广州、泉州、明州、扬州）之一，并与扬州、汴梁并称全国三大商业城市，每年从海外来此做生意的商船多达四千余艘。当时广州城已经发展出内港码头和外港码头进行分流。内港有坡山码头和兰湖码头（今流花湖一带）。坡山码头即如今惠福西路五仙观所在地。汉唐之际，坡山是一座海拔约20米的丘陵，其西为珠江，由于水面太过浩荡，当时被称为“珠海”，也叫“小海”，与“大海”狮子洋相对。早在晋代，坡山就已辟有渡口，到了唐代，这里由怀圣寺光塔引航，主要用来停泊外国商船。遥想当时，自坡山放眼望去，目之所及，必是水波浩渺，帆桅林立；如今拾级而上登五仙观岭南第一楼，却只见绿树成荫，烟火成片，不由得让人对沧海桑田有了直观的体会。

外港码头也有两个，分别是在今香港新界的屯门码头和今黄埔庙头村的扶胥码头。扶胥码头位于东江与珠江汇流入海处，是古代往来商船必经之处，隋唐时期这里已经建有海神庙，千年来，已不知道有多少中外商人在这里虔诚朝拜，祈求海神保佑航路平安、生意顺利，将未知的惴惴托付于神明，然后奔向广阔的海洋。

商业贸易的进一步发展，令广州城的人口也随之激增，旧有的步骘城便显得无序而逼仄了，于是广州在整个唐代花费了很大的精力在城市改造上。首先是杜绝火灾。广州向来竹木繁茂，兼之气候湿热，水网密布，当地人习惯以竹子、茅茨一类的植物搭棚建屋，且随意搭建，不讲排列，常常引发火灾。唐代两位被遣往岭南的官员宋璟、杨于陵便先后教居民用砖瓦代替竹茅，有规划地建造房屋，杜绝火患之余，城市也变得井然有序。旧步骘城街道狭窄，火灾时容易发生连烧，杜佑担任岭南节度使时，下令扩大街道，把东西向和南北向的主干道拓宽，内街小巷则拆除杂乱密集的建筑加以疏通，以息火灾。

唐之前，广州城都是单城；到了唐代，随着经济的发展和人口结构复杂化，需要整个城市各区域有更加清晰的功能划分，以便能够高效管理，因而，唐代广州在步骘城的基础上，将城南珠江新淤成的平原纳入，从南向北分为南城、子城和官城。南城濒江（岸线在今一德路、万福路一线），船只停靠于此，为商业中心区；子城即步骘城；官城为官衙机构所在（今财政厅）。一条南北向的主干道从刺史署直通江边，这是如今的北京路，江边有广阳馆，用来接待官员和使者；又有一条东西向的主干道与北京路相交，横穿全城，这是如今的中山路。当时，官员和使者自城南码头下船，沿着南北主干道穿过三重城，所见皆为繁华壮丽之区，尽显气象。

早在南北朝时期，就有阿拉伯人定居广州，落地生根。到了唐代，情况更甚。例如开元年间，广州已有第五代土生番人。据统计，唐代广州番人约达12万，而至开元年间整个广州人口至少30万，唐代广州可谓名副其实的国际化都市。唐政府设置岭南市舶使和市舶司来管理对外贸易和番商事务，后因华夷杂处，相诱为乱，故在广州城以西辟出番坊供番商居住，范围大抵北到中山路，南达惠福路和大德路，西抵人民路，东达解放路。番坊中居住的大部分是信仰伊斯兰教的阿拉伯人，他们在番坊建造光塔，每到礼拜之时，就会有人在塔上呼唤信徒来做礼拜。光塔临近珠江，通体光滑洁白，久而久之亦被当作引航灯塔，守护着来往船只。

879年，黄巢兵围广州，垂涎广州贸易获利三厚，攻城时手下留情，只攻破子城，希望朝廷能封他为节度使，想做个割据军阀乐得逍遥。多次“乞官”未果，被彻底激怒的黄巢血洗了广州城，发誓跟唐朝干到底，沦为和张献忠不相伯仲的“屠夫”，这是后话了。

四、宋明：内濠兴起，水运繁盛

如果有时间拿着一张明代甚至是宋代的地图，去走一遍广州老城，就会发现城市格局的变化似乎没有想象中那么大，虽然有的地方已经消失，有的地方名称已经更改，但对照着地图，仍旧能够辨认得出个大概。如今的老城，早已不像唐代时那般杂乱不堪，这得益于两宋时期对广州城市的规划改造，纵横的街巷将城市分割得条块分明，奠定了今日广州老城区的格局。

除此之外，宋代经明清流传至今的，大概就是城濠水系格局。东濠涌高架下，整治一新的东濠涌流水清澈，两岸花木扶疏，景色宜人，经常有孩子在河涌的亲水平台嬉戏玩耍；玉带濠和西濠则化身暗渠，默默地穿流在城市街道的下方，谁能想到，这些看似普通的小河涌，曾经为广州城的贸易交通作出了重大贡献。

广州城对于自然山水的改造利用，要追溯到魏晋时期。当时由于广州城近海，每逢涨潮之时，海潮倒灌，江河水就变成咸水，无法饮用。白云山菖蒲涧有溪流名甘溪，交州刺史陆胤开凿沟渠，将甘溪自城北引入城中，并建水塘蓄水，供民取用，从此，甘溪成为古代广州居民饮用水的主要来源之一。甘溪被引入城以后，改称文溪，向南流经越秀山东麓后，分东西两支继续南流。东支流仍叫文溪，经今小北路、仓边路汇入珠江；西支流经今教育路、西湖路流入西湖，再汇入珠江，与兰湖、洗马涌、文溪蓄水湖等大致构成了当时城内水系的框架，初步形成城市水上交通，作为陆路交通的补充。

由于广州城内地形以破碎的丘陵和丘陵间谷地为主，

汛期水流自山中冲入城内容易造成内涝，加上部分地区岩性较软，河涌容易淤塞，因此魏晋以后历代对城内水系的治理，无外乎开凿池渠、疏浚水道，以保持水源的供给和城内水上交通的畅通。

到了唐宋时期，随着对外贸易的发展，对于水上交通的要求越来越高，不仅要求城外有足够的港口和码头可以满足停泊需要，还要求城内的水道可以让船只直接驶入，降低转运成本。唐代珠江水面尚且宽阔，城西北的洗马涌水深且广，是主要的入城水道；文溪在今大石街一带的蓄水池也被节度使卢钧加以开凿通舟，总体而言能够满足交通贸易需求。

两宋时期，广州城迎来了一次大飞跃。这个时期珠江江面已显著缩小，东关和西关平原逐渐出露，因此公元1068年，在南汉城的基础上，广州先于子城东扩筑东城，五年后又向西连通番坊形成西城，成三城并立之势，城市结构进一步复杂。不仅如此，宋代工商业的发展、科学技术的进步和对珠三角的进一步开发，促使广州周边形成了8个卫星城镇。其中已有今天的猎德村、南海神庙庙头村等。显然，旧有的水网交通体系已经无法满足城市剧烈扩张后产生的新需求，内外贸易的繁盛需要更加完善的水运网络系统相匹配。从公元1010年起，广州在南汉水网的基础上，构建了六条南北向的水渠，这六条水渠便是宋代的六脉渠，与东西两濠和城南的玉带河相连，再汇水流入珠江，形成了由六脉渠—内濠—珠江组成的三级水系。

新的水系网络让水运交通变得更加便利，也使广州的商业贸易更加依赖水道。沿着各条内濠，广州城内形成了不同的商业街市，陆路与水路共同划分出更细小的商业街区，以获得更多的临水面和更加便捷的路上交通。彼时，大船自外洋驶入停靠在西澳、东澳口，船上的货物由小船分装后，灵活穿梭于城内各处，转运速度极快。为了方便船只货物出入，两宋时期的广州开辟了很多城门。例如宋西城是主要的商业区，包括唐代的番坊，城内有大市，城外有西澳码头，这里开辟七个城门，分别叫航海、朝宗、善利、阜财、金肃、和丰、就日（亦有文献记载另有威远、素波二门），直观反映了当时的对外贸易情况。

进入明代，由于西江、北江来水减少，海潮顶托，珠江北岸泥沙淤积的速度加快，两宋时期构建的水渠多发生淤塞，为了让城内交通畅通，明代将宋代的三城合而为一，同时城内的六脉渠或填埋或疏通，基本不再承担航运功能，而只保留泄洪排污功能；城周的濠池则连在一起，既可作为城防，又有利于船只交通。

明代是继宋代之后广州的又一次大发展时期，在宋城的基础上，向北向南开拓，从此越秀山成了城内山。因城北属于山地，向来没有城濠，故明代在越秀山修建了镇海楼作为监察眺望之地。镇海楼至今仍矗立在越秀山上，以博物馆的形式继续存在，因楼高五层，被广州

镇海楼

人亲切地称呼为“五层楼”，早已成为广州的文化标志之一。

至于环城濠，西濠自古便是广阔大河，历代既是城防要冲，也是贸易船只进出的主要水道，水脚码头很多，沿着西濠流向，由北向南形成第一津、第二甫、第三甫乃至第八甫，是西关最早的商业区，后来又陆续出现第九甫、第十甫……一共十八甫。直到如今，它们还存在于广州的街巷名里，这一带也仍保留着不少专业的货栈和批发市场。提起十八甫的起头第一津，少不得要说一句老广俗语：第一津——冇谱（甫），用来指一个人或一件事不靠谱。为什么第一津不叫第一甫呢？这是因为在宋代，第一津的位置是一个渡口，所以叫“津”而不叫“甫”。从明到清，西濠一直是繁华的商业中心，到了清末，各路富商豪强纷纷在此填濠争地，迫使西濠从城濠变为明渠，再由明渠变为暗渠。渠上地面被建起了嘉南堂、新华、新亚等高达七八层的大厦，再不复旧时船只往来不绝的景象。

东濠由文溪等山水汇集而成，共分四段，其中东濠东段到东濠口段常用于停泊外洋船只。由于东濠一带平原分布不广，东濠又易生洪水，所以这一带基本没有商业街区分布。而南边的南濠和玉带濠，在宋代是广州最繁荣的地点之一。南濠一带有大市街、麻行街、玛瑙巷、象牙巷、米市街，以交易高端奢侈品为主。当时主持修筑宋西城的程师孟曾写诗称赞南濠的繁华云："千门日照珍珠市，万瓦烟生碧玉城。山海是为中国藏，梯航尤见外夷情。"明代因更南面的新城兴起，南濠受城的阻碍，易于淤浅，失去了航运之利，渐渐衰落。民国初年修筑海珠路，南濠变为暗渠，沉睡于路面之下。

玉带濠是城南东西水关之间的一段城濠，系北宋时期利用古东澳开凿而成，水面深阔，用来作为船只的避风塘。宋代，这里是有名的娱乐消费场所，《广东新语》曾载："日费数千万金。饮食之盛，歌舞之多，过于秦淮数倍"。明代，珠江北岸进一步南移，海船再不能直接驶入，玉带濠在富商豪绅争地的挤占下，慢慢狭窄，到了清代已沦为排水渠，20世纪50年代，玉带濠成为暗渠。换言之，由于明初海外贸易中心已经在珠江岸上，加上珠江北岸泥沙淤积速度加快，玉带濠的重要性逐渐下降，到清末已经慢慢淤塞，后改为暗渠。就这样，曾经在宋明时期发挥了巨大作用的城濠水系慢慢衰落，仿佛也预示着：延续了一千多年的对外贸易体系即将发生巨变。

清代以后，中国遭逢千百年未遇之大变局，被强行纳入世界资本主义体系当中，作为对外窗口的广州最先受到冲击，也最早感受到西风吹拂。两次鸦片战争的失利，令广州的贸易地位被上海和香港取代，促使它更加积极地向西方学习，积极向近代工商业转变，在中国近代史中，留下了辉煌的一笔，而那，是另一个故事了。

五、清末民初：风云跌宕，悲喜交集

经过两宋和明代的扩张，广州城的北边为越秀山所阻，南边囿于珠江，东西两侧有城濠，在珠江北岸已经没有太多可扩空间了，因此，清代广州的发展重点在于开发西关平原和沿江两岸滩地。正是在这里，广州缔造了近代百年工商业传奇。由于沿江新增商业区在明城墙之外，为了保护林立的商铺，广州在城东和城西加建了城墙。新城墙自明城墙的东西两侧伸出，转折直下江边，形如两翼，因此叫作“鸡翼城”。鸡翼城建成后，广州的城廓基本稳定下来，直到1918年10月广州市政公所成立，开展了轰轰烈烈的拆墙筑路工程，延续了数个朝代的广州城墙大部分就此消失。

明时实行海禁政策，外国商人来广州贸易，不能直接与市舶司打交道，而是要先到官设牙行处，由牙人代办报关缴税事宜。有了牙人从中周旋，市舶司不须费力便可坐收大量税银，久之越来越依赖牙行；而牙行也每每趁机贪占税银，在提报市舶司之前与外国商人私下交易，虚报货数，从中获利，渐渐形成垄断，到明末海禁废弛的时候，广州已有卅六行承包外贸。

康熙二十四年（1685），清政府重开海禁，陆续设立粤、闽、江、浙四大海关，广州作为粤海关所在地，尤受清政府重视，对外贸易地位空前强化，催生了十三行这个亦官亦商的群体。清代的十三行承袭自明代的牙行，指的是官办洋商，后来出现的“买办”一词，最初就是指十三行商人。十三并不具有数字上的规约，只是一群行商的统称。他们是“身家殷实，资财素裕”的商人，懂得各国语言，熟悉洋行商务，了解清政府的运作。这些行商的数目，最多的是乾隆二十三年（1758）的26家，最少是乾隆二十二年的4家，也有刚好是13家的时候。

乾隆四十二年（1777），为了严格控制外国商人在广州的行踪，不许他们私自与中国人往来结交，清政府在珠江边划出区域，开辟一条新街供外国商人活动和居住，范围大致东跨仁济路，西至杉木栏路，南临珠江边，北抵十三行路的广州文化公园一带。新街建成后，十三行的洋行也随之迁入街南，以便就近办理洋务，街尾临近河边则

十三行

是各国商人居住的房屋，称为“夷馆”。当时与广州进行对外贸易的外商来自世界各地，据《华事夷言》中说：“十三间夷馆，近在河边，计有七百忽地，内住英吉利（英国）、弥利坚（美国）、佛兰西（法国）、领脉（丹麦）、绥林（瑞士）、荷兰、巴西、欧色特厘阿（奥地利）、俄罗斯、普鲁社（普鲁士）、大吕宋（西班牙）、布路牙（葡萄牙）等国之人，按此即所谓十三行也。”

作为官方指定的对外贸易经纪人，十三行具有垄断性的贸易特权，这种特权为他们带来了财富的迅速积累，所谓“粤东十三家洋行，家家金珠论斗量。楼阑粉白旗竿长，楼窗悬镜望重洋”。很快，十三行粤商便与两淮盐商和山西晋商并称为清代中国三大商人集团。道光壬午

（1822）九月十八日，西关一带发生大火，十三行被烧了七天七夜，据说烧化的银水流入水沟，延绵一二里，可见当时十三行财力雄厚程度。

关于十三行，道光时期广州曾流传谣谚称“潘卢伍叶，谭左徐杨，虎豹龙凤，江淮河汉”，其中的伍、潘、卢、叶正是十三行不同时期的首富。伍家的伍秉鉴是行商之首，财富惊人，道光十四年（1834）时，他的私人资产已达2600万银圆，是当时的世界首富。2001年，美国《亚洲华尔街日报》对千年来世界上最富有50人的统计，都不忘将怡和洋行的伍秉鉴统计在内，与成吉思汗、忽必烈、刘瑾、和珅和宋子文成为名单上仅有的6位中国人。

十三行买办商人集团的崛起，推动了西关宝华街及上下西关涌住宅区的开发。这一带即如今西关大屋的集中区，因当时的洋行多设在江边，为了方便行走，很多富商都选择在西关一带建造房屋。清代后期，正是西风东渐之时，买办商人们是最先接触到西方文化的中国人群，西式审美多少也对他们产生了影响，于是，一种中西合璧的建筑样式渐渐出现，并成为一种经典的文化符号，这就是西关大屋。至今，西关大屋仍旧是很多人对岭南文化的印象之一。

亦官亦商的身份，令十三行商人获得不少好处，但同时也让他们承担了很多额外的义务和责任。例如一些外事功能。清代来中国的外国人，除了商人之外，还有对中国文化感兴趣的科学家、艺术家、医生，或是带着主的旨意的传教士，只有通过广州行商的引见，才能得到官府的报送，获得皇帝的批准。名噪一时的意大利画师郎世宁、德国天文学家戴进贤等就是经十三行引荐进入宫廷供职的。十三行是他们休整、学习的场所，刚踏上天朝国土的洋人，会被安排到商馆内的8处天主教堂学习汉语。行商当时实行的是承保责任，这个制度由明代牙行的担保制发展而来，分为外保与内保，外保指行商为外商或外船作担保，内保为行商之间互相担保。为洋货定价是他们获利的途径，但是为洋商作保却让许多行商倾家荡产，甚至遭受牢狱之灾，发配伊犁。内保则是一行亏损破产，全体行商受累。这种连坐式的行商互保制度，如同一张由政府饷税捐输、官员勒索及外商高利贷构成的债务罗网，将行商网罗其中直至榨干为止。

第二次鸦片战争爆发后，咸丰六年（1856），驻扎在十三行地区的英军，拆毁了十三行地区周围大片民居，留下一片空地以防止中国军民的偷袭。愤怒的广州人民点燃了史称的“西关大火”，使存在150年的商馆化为灰烬，这些美丽的建筑从此只存在于外销画和早期影像资料中，成为愈来愈模糊的记忆。

在十三行消失数十年之后，新兴的资本主义工商业再次在广州崛起，并从广州传遍岭南乃至全国，骑楼以及骑楼街见证了这一段历史。广州的近代实业与移民海外的归国华侨密切相关。岭南地区的海外移民历史很悠久，据说早在魏晋时期，广州就已经有移民前往新加坡了。19世纪中后期，岭南大批移民“下南洋”“上金山”，形成了一波很大的移民潮。这批移民在海外奋斗多年后，其中的成功者积累下大批财富，到了20世纪初，一方面怀着衣锦荣归的想法，一方面怀着实业救国的梦想，很多华侨携带资本回到广州，形成了一波返乡潮。

广州的资本主义萌芽，其实早在华侨返乡开办实业之前就已经产生了。清代广州的织造业十分发达，其中的棉织品“广花”以轻暖闻名全国，丝织品亦品质优良，是对外贸易的主要商品之一。因此，西关原本的大片农地都被辟为街道，设立厂房，成为广州的纺织业基地。到了明末清初，广州附近的纺织业工厂已经多达2500家，平均每家有工人20人，在当时已经是一个很庞大的产业工人群体。广州出产的棉布和英国棉布相比，质量好价格低，广受海外市场欢迎，成为大宗出口商品，光嘉庆三年（1798），出口数量就已经达到2 125 000匹之多。广州本地无法提供出口布匹所需的原料，因而自乾隆时期开始，广州已经从印度进口棉花进行加工，这大概是中国最早的来料加工工业。嘉庆十九年至二十年（1814—1815），广州进口棉花价值达1 051 708两，占到进口货总值的32%。海外市场对于棉纺织品的巨大需求促使越来越多的纺织工厂在西关建立，而纺织业的发展又带动了印染、晒、浆缎、机具、制衣、制帽、鞋、袜、绒线等相关行业的兴起，西关第六甫、第七甫、第八甫至长寿里、青紫坊、芦排巷一带随之成为近代工业区——机房区。

可能正是因为早有资本主义经济基因，当归国华侨带着资金和先进理念返乡后，广州民族工业很快兴起，拉开了中国近代工业的序幕。1900—1911年，在清末新政的带动下，广州近代工业迎来了第一次发展高潮，有包括官办、官商合办和民办的近代工厂33家。一战期间，趁西方列强暂时无暇东顾，国内民族资本家纷纷投资办厂仿制洋货，以谋求自足，摆脱对洋货的依赖。从1912年到1927年，广州共开办了约40家近代工厂，总资本达225万元以上，主要分布于机器、纺织、橡胶、火柴等行业。陈济棠主政广东之后，自1932年起开始推行《广东三年施政计划》，以经济建设为重心，大力发展城市工业建设，由省政府投资5060万元，先后建了20多家近代化工厂，如水泥厂、新电力厂、硫酸梳打（电解）厂、肥田料厂、造纸厂、钢铁厂、糖厂、酒精厂、饮料厂和兵工厂等等，推动了广州近代工业向门类较齐全、技术含量较高的产业方向升级，日益对广州城市的整体经济格局产生重要影响。

除了近代工业之外，广州也开启了中国近代商业和金融业的先声。广州的近代金融，起于长堤大马路。长堤大马路毗邻珠江，骑楼林立，在民国时期是广州金融商贸中心，是“十里洋场”商业文化发源地和广州金融发源地，有“中国金融第一街”的美誉。

清末，由于两次鸦片战争失利，广州的贸易地位在19世纪中期被上海及香港取代。为复兴广州商贸，两广总督张之洞除了在广州推进洋务建设，兴办实业、发展教育之外，还接受建业堂等商户意见提出了修筑珠江堤岸的设想——“一经修筑堤岸……商务自必日见兴起”。1889年，张之洞率先主持建造长堤，经他与后继者的努力，1914年完成全部筑堤工程（天字码头段、黄沙段、南关堤岸、沙基段），1920年长堤大马路完工（今海珠桥至孙逸仙纪念医院段），1931年，新堤大马路建成。

伴随着筑堤工程同时进行的是马路的铺设和骑楼的建造。在张之洞的设想里，筑堤绝不只是水利工程那么简单，在他提出的关于筑堤的具体措施中是这么说的：“修成之堤一律坚筑马路以便行车，沿堤多种树木以荫行人，

长堤

马路以内通修铺廊以便商民交易，铺廊以内广修行栈鳞列栉比……”引文里的“铺廊”即是骑楼建筑，张之洞将堤坝的功能分为“行车—行人—商民交易”三个层次，形成一种开放而富有活力的街道空间模式——骑楼型街道模式。这种模式被认为在推动广州近现代城市和商贸金融发展方面有重大作用。

当第一段工程——天字码头段修成时，长堤大马路一带的铺廊（骑楼）被商人和普通市民争先恐后租下来开店做生意，价格暴涨，商业的空气在这里聚集。这些商人和市民也许并不知道，正是他们拉开了一条广州百年金融街的发展序幕。

20世纪20年代，随着长堤范围内加建了九座大型码头，这里真正成为广州的商务贸易干道，洋商洋行和民族资本家纷纷选址长堤，抢占“金滩”，不仅有先施公司、大新公司、新亚大酒店、大三元酒家、中央大酒店、广州电影院、西濠电影院等商业、服务业实体，还有诸如银行、保险公司、银号、典当行等金融机构，例如位于今沿江中路193号、由孙中山亲手创办的中央银行，它曾为国民革命、北伐战争提供了巨大的经济支持。

随着长堤的影响日盛，这种街道模式与粤商一道沿着珠江水系向广西、福建、贵州、云南、江西等地辐射。在上海、武汉、天津、南昌等大城市，骑楼甚至被视为“广东街”的标志，至此，骑楼成为粤商和岭南文化的一个标签。

从先秦到清末民初，广州像一粒种子，在南海之滨、珠江之畔从幼苗渐渐长成大树。一圈圈城市年轮走过的不仅是时间，更是一个城市两千多年里的自我成长。而今，古老的广州城依旧扮演着这个城市的精神内核和文化初地。今天的广州，作为改革开放的桥头堡，经过40余年的历练洗礼，脱胎换骨，又将迎来大湾区的发展蓝图。而这，会是不远的将来继续讲述的广州新故事。

长堤：百年CBD与近代化广州

1914年，广州长堤全线竣工。这条位于珠江北岸、东起川龙口（今东川路附近）、西至黄沙的江堤，全部由花岗岩筑成，堤上马路结实宽阔，从广州城外横穿而过，一端通往广九铁路，一端连接粤汉铁路黄沙站，沿堤又设9座大型码头和形形色色的小码头，将铁路、公路和水路三大运输系统畅通无阻地勾连起来，为广州城市近代化立下了第一座里程碑。

1918年，广州市政公所开展拆城筑路市政建设，拆除旧式城垣，拓展了广州城市建设空间。1921年，陈炯明、孙科等参考美国城市管理制度和模式，成立了广州市，孙科为首任市长。这是中国历史上第一个建制市，为后来国内其他地区建市提供了范例，也标志着广州从中国传统城市迈入了近代化城市序列。

一、修建长堤——张之洞的广州商务复兴计划

1884年仲夏，张之洞临危受命，从山西调任广州代理两广总督。

这一年中法战争从陆地延伸到海上。法国舰队先败南洋水师，又于1884年8月在马尾海战中大败福建水师。1885年3月，清军取得镇南关大捷，中法议和，最后于6月9日签订《中法新约》，中法战争宣告结束。张之洞从战时状态中脱离出来，开始着手整顿两广政务。

张之洞在山西担任巡抚的时候，与英国传教士李提摩太相识，受其影响，渐渐从清流派转向洋务派。在中法战争中，中国虽号称“不败而败”，但坐镇前线的张之洞其实心里明白，两国之间实力悬殊，仅凭一两次战事胜利无法扭转战局。要想强国，真正立于不败之地，最有效的办法便是学习西方、兴办洋务，“储人才、制器械、开地利”。

张之洞

经过通盘考虑，张之洞在广州规划了一整套新建设计划，范围涵盖教育、军工、实业和经济领域。他列出一长串待办清单，如整

顿广州机器局，建造石井枪弹厂、枪炮厂、炼铁厂、织布局、机械制造厂、船舶修造厂、火柴厂、电灯厂，开设广东水陆师学堂和广雅书院新式学堂等，力图从发展实业、增强军备和培养人才等方面提升广州乃至两广实力。

广州城外珠江沿岸因有水运之便，历来为传统外贸所在地，在清代广州一口通商时代繁荣非常，但由于两次鸦片战争失利，其贸易地位也在19世纪中期被上海及香港取代。张之洞的新建设计划，未尝没有复兴广州商贸的意思在内。然而当时的广州城已经没有多余空间办实业和工厂，于是张之洞将目光投向了城外近郊和珠江北岸清代以来新淤之地，对沙面尤其感兴趣。

沙面原是西关南面珠江泥沙淤成的一块河滩，后辟为租界。英法两国按照近代城市的格局对其进行规划，采用网格法划分地块，兴建堤岸、教堂、领馆、住宅、公园等，道路井然，空间舒展，整齐美观远胜广州城，不仅吸引各家银行、洋行入驻，还将旁边的沙基商贸也一并带旺。可以说沙面的开发建设成果为未来广州城市近代化提供了一个参照物。

1889年3月，张之洞决定效仿沙面在珠江北岸建造堤岸，其目的一是为了消除水患，二是对北岸新淤土地进行商业开发和利用。从整个规划来看，后者的重要性显然高于前者。张之洞赋予堤岸防洪和马路双重功能，计划仿造沙面近代化马路，将堤岸修得坚固平整，以方便车辆交通。车道外边是人行道，出于遮阳和美化城市的考虑，人行道边还要栽种树木进行绿化。人行道再往外，是商住两用的铺廊建筑。

铺廊在中国出现的时间比较早。明代永乐皇帝规划建设北京城的时候，就在“皇城四门、钟鼓楼等处，各盖铺房……召民居住，店房十六间半，召商居货，总谓之廊房云”（《宛署杂记》）。今日前门大栅栏一带还保留着廊房头条、二条、三条胡同的名称，便是源于明代的廊房。张之洞的铺廊，在功能上与廊房一致，但在建筑样式上则充分考虑了广州的地理气候因素，采用骑楼建筑，晴遮阳，阴挡雨，以此创造良好的营商环境。这种交通、步行和商业相结合的街道模式，开放而富有活力，在当时的中国是一种创新，对推动广州近现代城市和商贸金融发展方面发挥了重大作用。

1889年10月，长堤首段天字码头段修筑完工。这条长约800米的堤岸是广州历史上第一条近代化马路，道路宽平洁净，沿堤遍植绿树，商铺鳞次栉比，气派非凡。张之洞还在堤前建造了官轮大码头，前泊兵轮，后停小艇。长堤天字码头段成为当时广州的水陆枢纽，强劲的发展势头直接对广州城内的老牌商业区西关造成了巨大冲击，导致西关的房租地租一降再降。

开局极佳的长堤修筑计划在1889年张之洞调任两湖总督后骤然停工，直到十年后才凭借粤汉铁路的修建趁势重启，又花了十年时间先后筑成长堤黄沙段和南关堤岸段。1910年7月，长堤最后一段沙基段正式开工，其间经历清政府倒台、广东军政府成立等事件，工程开开停停，直到1914年才修筑完毕。

至此珠江北岸的长堤全部竣工。骑楼商铺沿着长堤伸展，带来了繁荣的近代商业图景长卷。不过，这幅长卷还缺最后一块拼图——新堤大马路。

在过去的千百年间，珠江中有一块巨型的白垩纪礁石，被江水日日打磨，宛若浮珠，故名“海珠石”，据说珠江得名亦来自此石。海珠石自古便是广州的象征物之一，历代“羊城八景”中，海珠石往往被提及。海珠石一带风景虽好，但这段江面遍布大小礁石，江水湍急，十分不利于通

旧日西堤

航。1929年，国民政府广州市当局为发展城市计，决定填埋海珠石、炸掉江中礁石。工程范围西起今人民南路西濠口，东至今起义路南端，历时三年，填出大片土地，将原本在这里呈弧形的江岸拉直。南关长堤西堤段因此退缩为内陆，它南面这片新填地被命名为新堤大马路，后于1981年更名为沿江西路。

尽管修建长堤的时间跨度很大，但由于引入了新型的土地开发模式，并按照近代化商业街市的功能格局进行规划、建筑和管理，再加上构建出便捷的水陆交通网，使得它具备极高的商业价值，每每筑成一段，必定引发争购狂潮，先是广州商人，然后是海外归侨、民族资本家，最后连洋商洋行也纷纷入驻长堤，抢占“金滩”。

不同层次的商人所具备的商业意识不一致，因此长堤各段的业态也依据建成时间的早晚和置地人的不同而呈现鲜明的特征。大致而言，黄沙段以仓储运输为主；沙基段有着规模气派的骑楼建筑群，以口岸经济为主；南关堤岸段则是近现代企业的集中地。1919年出版的《广州指南》是这么描述长堤的：

（长堤）东接东川马路，西迄沙基，延亘约六里，堤前即珠江。堤之东西两端，后部各有二马路。堤上车马毂接，楼阁高耸，各种新商业胥在于此。邮政局、粤海关均在西堤之西濠口，有大新公司、岭南卖物场、劝业场等，

旧日东堤

皆贩卖环球物品而兼营饮食店、游戏场也。水师公所、无线电台，均在堤之中部。堤之东端，曰东堤，为酒馆妓寮之聚集处。

自20世纪20年代起，很多中外企业选择在此建立它们的广东乃至中国大本营，各种银行、保险公司、金融公司、酒店、百货公司陆续现身西堤，其中以银行和保险业尤盛，官办、商办、外资皆有，如中央银行、广州市立银行、金城银行、嘉华银行、渣打银行分行、友邦保险、美亚保险、泰山保险、四海保险、联邦保险等。同时，随着近现代酒店业和百货业的入驻，一幢幢中西合璧、富丽堂皇的高层建筑渐次拔地而起——新亚大酒店、新华大酒店、中央大酒店、爱群大厦、城外大新公司、先施公司等，它们作为标志性建筑，共同勾勒出广州第一道近代城市天际线。时人形容长堤“坊港纵横，货物如炽”，各国政要、使团来广州也多选择在此落脚。长堤渐渐成为当时广州的CBD，缔造了十里洋场的繁华，屹立近百年而不倒。

二、旧城的衰落与重建

尽管修建长堤的目的是为了提振广州经济，但事实上长堤的崛起却是以广州内城的衰落为代价的。在修筑长堤之前，广州主要的商贸区集中在西关以及内城城南紧靠城墙一带的街区，随着长堤渐次筑成，交通带来的巨大红利使封闭的内城劣势愈发明显。如同长鲸吸水般，长堤把城内大量的人口和资金吸引到城外，使得作为城市中心的内城连续数年人口外迁，店铺商户接连关张，经济一蹶不振。当时广州的地价和房租，从城外向城内依次递减，价格最贵的商铺位于长堤、西关、花地和芳村一带交通便利之处，次一点的是城门附近的新城，最便宜的是内城中心。为了振兴内城经济，开拓财源，政府当局决定效法长堤的开发建设模式，重建内城。

重建内城的具体办法是拆城筑路。拆城即拆除城墙，目的在于打破内外城的物理隔阂，扩大城市空间的延展性；筑路则是修筑新路、拓宽旧路，以解决内城的交通梗阻。清末的广州，给外来人的第一印象就是拥堵。一位外国人这样描述广州：“街道很窄，有轮子的车不能通行。外地人第一次路经这些狭窄而拥挤的街道时，总体上会产生一种畏惧感。”事实上，早在1902年岑春煊督粤期间，其手下温宗尧就已经提出拆城筑路计划，但因种种原因没有实施。

岑春煊之后，两广总督周馥和广东军政府都督陈炯明都曾先后提出广州城建计划。陈炯明甚至明确提出效仿美国城市制度建立广州市，还设立了工务局，准备将城墙拆掉改建成大马路，同时改造内城道路，逐步对城市进行重新规划。一份1912年3月2日的《申报》刊登了题为《建设新广州城之规划》的新闻：“……其布置大概，西关地方拟改作商场，现有之住家一律迁入城内。其城内布置，首先改良旗界，并将惠爱街、双门底两处辟作十字大马路，贯通全城四面。路阔百二英尺，其双门底之拱北楼设法保全。观音山或为公园，或为藏书楼、大学堂等用。”这份规划十分具体，可行性亦颇高，但遗憾的是，广东军政府不久后便落入封建军阀龙济光之手，随后又被桂系军阀陆荣廷把控，在长达八年的时间里政局动荡不安，城市建设计划不得不搁置。

1918年，广东处于陆荣廷的统治下，不仅承受着桂系军阀的经济掠夺，还要负担庞大的军费开支，财政捉襟见肘。为了增加财政收入，广东省财厅决定拍卖“官产”（被抄没充公的无主或罪民产业）和“公产”（包括神庙、寺观等宗教建筑，试馆、书院、宗祠以及行业会馆）。位于长堤和西关一带的官产公产顺利地被抢购一空，唯独内城官产公产乏人问津，哪怕多次刊登广告，甚至以抽奖的形式进行促销也根本卖不出去，财厅不得不重新将内城道路改造提上日程，从一条巷子的改造开始。位于财厅西侧的库厅巷有不少官产，财厅一直想把它们卖出去，无奈交通条件太差，始终卖不掉。于是财厅在这里新开了一条宽二十尺的新街，可以从惠爱街（今中山路）直通司后街（今越华路东段、仓边路至正南路），一举解决了交通问题。新街建成后，官产很快便售罄。

库厅巷的改造成功无疑为急于开拓财源的广东省财厅提供了一条新思路。1918年10月，财厅厅长杨永泰联合警察厅厅长魏邦平成立了“广州市市政公所”，计划重建广州内外城。计划的第一步就是拆除包括大西、太平、大东、大南、归德、文明、五仙、靖海等在内的十五座城门，全面打通城内和长堤的交通。

1921年2月15日，在将桂系军阀驱逐出粤后，广东国民政府宣布成立广州市，其办公所在地广州市市政厅就设在长堤。这是中国历史上第一个建制市，标志着广州正式步入近代化城市序列。广州市市制的设立参考了美国城市的市政体制，体现出为资本主义工商业服务的特征，这为广州的城市发展提供了更大的舞台，进一步推动了城市化的进程。

在广州市市政厅的管理下，围绕着长堤工程推进而逐渐铺开的城市建设开始了。大段城墙被拆掉，道路交通网被重新规划改造，一条条整齐规整的骑楼街从长堤扩散到城内，停滞多时的城市再度运转起来，朝着近现代城市飞速演进。从1921年到1927年，广州共修成马路57公里，这些宽约15米、采用新的建筑材料和建筑工艺修建成的路平阔顺畅，被称为新式马路。到了1936年，广州已拥有新式马路138.8公里，它们与长堤共同构成了广州现代化交通路网的雏形。随着城市的破茧成蝶，广州城区与长堤的爱恨纠葛也就此化解，成为历史。

三、走过百年岁月，长堤没有尾声

现在我们说的长堤指的是长堤南关堤岸段的西堤，西起人民桥，东至海珠桥，包括沿江西路和长堤大马路。一百年前，这里是广州最早的CBD，集中着大型银行、金融机构、贸易公司、高级宾馆、百货公司、高端酒楼和豪华影戏院，地位如同今日的珠江新城，繁华得十分纯粹。然而，如今踏入长堤，你很难再对它进行确切的描述与定义。尽管很多华丽精美的骑楼建筑依然存在，但已失去了昔日的金贵气质，变得气息驳杂——无论愿不愿意承认，长堤的荣光终究是渐渐地逝去了。

先施百货

曾经，长堤的出现是为了解决古代广州的城市和经济发展问题，但随着现代广州越来越大，它也变成了老城区的一部分，当年困扰广州内城的发展问题如今同样成为困扰它的问题。长堤的兴起和衰落都是城市发展的结果，这不是断崖式的巨变，而是一个渐变的过程。

长堤大马路318号铧厦商业中心，是一座外观很普通的商厦，倘若行人留意一下建筑铭牌，或对与之相邻的“东亚大酒店”有所了解，就会赫然发现，这里是中国近代“四大百货”之一“先施有限公司环球货品粤行”（以下简称“先施百货”）的旧址。

香港先施百货由马应彪创办于1900年，是中国近现代百货业经营模式的鼻祖，“始创不二价，统办全球货”，同时主动向顾客提供商品收据，让明码实价成为后来百货零售的惯例，也使售后服务有据可依，令顾客权益更加有保障。先施百货还打破中国传统百货销售只有男雇员的传统，率先雇佣女售货员，而第一位女售货员，便是马应彪的妻子霍庆棠。

1914年，长堤大马路的广州先施百货建成开业。这是内地首家现代化百货公司，由四幢六层高楼组成：面街并列的两幢为骑楼，东边是主楼百货公司，西边是东亚大酒店；主楼后面两幢附楼纵向排列，分别是豪华酒店和高级职员宿舍。两幢附楼在六楼的位置，有一座小小的天桥彼此相连，方便员工在四幢大楼间穿梭出入。

先施百货的出现，为当时的广州市民带来了全方位的新奇购物体验。除了“不二价”和女售货员，先施百货还开中国现代商业综合体之先河，楼内不仅有百货商场，还有天台游乐场、豪华宾馆、高级中西餐厅、饮冰室、戏院等，可谓“吃喝玩乐购”一站式到底。为了方便顾客消费，先施百货还贴心地把银行、保险公司和信托公司搬进楼里。最夸张的是，在先施百货的附楼，甚至开办了汽水厂和化妆品厂，将前店后厂的模式做到极致。那时候广州人到先施百货除了购物就是休闲娱乐，由此还产生了“逛公司”的说法。1976年，更名为“妇女儿童百货商店”的先施百货主楼毁于一场大火，1984年在原址重建的大楼，就是如今的锌厦商业中心。“先施”之名随着那场火——或者在更早的时候就已经被人渐渐遗忘。

在锌厦商业中心东侧，有一条名叫“连珠街”的小巷弄，顺着巷弄往里走大概50米，可以看到一道有着卷草纹拱顶的石门，门楣上写着“先施二街”，门内又是一条很窄的小巷，通向锌厦商业中心和海味干果批发市场的后门。每一天，巷子里有不少拖着平板车运送海味干货的伙计来来往往，谁也不曾对小巷两边昏暗破旧的居民楼多看一眼，这两栋差不多已经被人遗忘的楼房正是先施百货的附楼。

一个午后，我进入先施二街北侧的那栋楼一探究竟。同所有的老建筑一样，楼梯逼仄黑暗，借着从每层楼道口透入的微光，依稀看得出当年的精致：地面上铺着彩色地砖，台阶的护沿镶着石条贴边，刷着红漆的木制护栏扶手刻着流畅的弦纹，被打磨得十分光滑。这是当年先施百货高级职员的宿舍楼，如今依然住着形形色色的人。午后的大楼一片安静，但那一排排晾在外廊上的衣服显示着，生活的气息依旧在延续。

穿过六楼的天桥可以走到对面建筑的楼顶。这里是当年先施百货的天台游乐场，还保留着部分原本的建筑设施，包括一小座三层高的楼中楼和几间平房，都被分割成住宅，住着十几户人家。一位住在这里的老伯说，他三十多岁的时候搬来这里，已经住了快三十年，可依然对这座楼的历史一知半解。“这个楼中楼是室内游乐场；靠西的平房是百货公司的仓库，东边这一间呢是唱粤剧的戏院，很多当红名伶都在这儿演出过。”他用手指点着向我介绍，末了补充一句：“我也是听以前住在这里的人说的。”大有“如有谬误，概不负责”的意味。与这座建筑的年龄相比，三十年的居住时间还是太短，不曾见识过当时的繁华与热闹，很多掌故也只是道听途说罢了。

如果说先施百货代表的是一个时代的落幕，那么广州电影院则参与和见证了长堤的繁华与落寞。广州电影院建于1936年，其时长堤大马路一带已经存在着明珠影画院、海珠大戏院和中华戏院，资格老，名气大，但广州电影院硬是凭借独树一帜的园林式影院风格后来居上，成为广州首屈一指的大影院。

2021年岁末最后一天，我第一次到广州电影院看电影。影院里头十分冷清，门可罗雀。那个场次只有我一个观众，检票员对我说："随便坐。"走进放映厅，我一下子感受到它的与众不同。首先是银幕很大，足足有16米宽，据说是20世纪90年代南方最大的电影银幕，直到今天还能秒杀很多中小型影院。银幕前的一大片空地是"园林式影院"的得名由来，一直保留着以花木奇石营造室内园林的传统，后来搬走了。

广州电影院的另一个显著特点是对放映厅空间的使用，只能以"铺张"形容。每层看台都留得极宽，只放一排座椅，空出来的地方仿佛可以用来跳舞；还有一些特别的看台是供家庭或情侣使用的，摆放着酒红色漆皮沙发，沙发前还设有茶几，很像过去香港电影里的迪厅雅座，充满怀旧氛围。这样豪气的空间设计，虽然牺牲掉座位数量，但却让视野变得十分开阔，加上超大银幕和一流音响设备，给观众带来了极致的观影感受，周到与关怀全都体现在细节里，难怪在20世纪90年代能成为广州首家“省特级电影院”。

电影散场后我与检票员闲聊，或许是难得遇到一个肯倾听的观众，她谈兴颇浓。她说直到20世纪八九十年代，长堤还是广州的商业中心，广州电影院也依旧是行内默认的一类影院，拥有首轮放映权，有新电影上映时常常一票难求。那个时候的长堤依然是广州人“逛公司”的首选之地，小孩心心念念一家人去爱群大厦的高层餐厅喝早茶看江景；时尚人士则喜欢晚上去13楼的音乐茶座吃点心，听白琳的《美丽的西班牙女郎》。

长堤码头的货轮渐渐没了，但客轮还在，年轻的情侣们在风中的长堤漫步，手牵着手像极了旧时小火轮用缆绳牵引花尾渡靠岸的样子，这就是广东人把谈恋爱称为“拍拖”的来历。那时南方大厦的钟每隔15分钟就响一次，想知道时间，抬头看看即可。夜色落下，掐着时间赶去羊城电影院、广州电影院或者西濠电影院看一场电影，散场的时候还可以去吃一点宵夜。西濠二马路上有一家人人菜馆，据说是全广州最早做宵夜的餐厅。后来，“越夜越火爆”的夜市排档成了广州夜生活的一大特色。

2000年之后，广州的经济中心逐渐向东、向南转移，曾经被老广州们视为“乡下地方”的天河和河南地区一跃成为“新贵”，珠江新城、天河商圈以及之前的环市东商圈的崛起，逐渐分去了长堤的“流量”。检票员在十几年前入职，正赶上广州电影院最后的辉煌。那时长堤大马路还以“酒吧一条街”著称，客流可观，放映厅几乎天天通宵放电影。

后来，酒吧、KTV等娱乐业态渐次退出长堤，电影院的日子越来越难过。羊城电影院、海珠大戏院和西濠电影院陆续关门结业，唯独广州电影院还在苦苦支撑，如今还留在这里的工作人员不过三四人，打理着这1200平方米的空间。“酒吧搬走之后，人也不来了。而且这附近都是批发市场，住宅区太少，就更没什么观众了。现在我们主要的客人，就是像你这样的游客，以及猎奇者。”她站在影院门口的阳光里，笑着对我说，有一点点寂寥。

2012年，广州市政府、越秀区委区政府决定在长堤大马路打造民间金融街，希望通过发挥长堤传统金融中心的优势，突破老城发展困局。成立之初，金融街就引入了4家银行和110多家金融机构，包括小额贷款公司、融资担保公司、典当行、产业基金和金融科技公司等，覆盖了中小微企业与个人所能遇到的所有金融需求。

可见，从某种意义上看，现代人对长堤的期望与百年前一样，为了寻求破局，将一条街与旧城的未来联系在一起。回顾这几年，先是网贷野蛮生长，挤压了传统小贷的生存空间；而当金融街转向“互联网+小贷”的业态后，P2P的频频爆雷又让银监会收紧网贷政策；此外国内经济

广州民间金融街

增速放缓、中美贸易战以及疫情的影响，都成为横亘在金融街发展道路上的难题。十年过去，规划中的目标并没有全部实现，长堤呈现出混沌杂乱的业态结构，比金融更加广为人知的是这里的服装、电子产品以及海味干货批发市场。复兴长堤依旧任重道远，但长堤，没有尾声。

摩登大厦：藏在建筑里的长堤记忆

如果要讲一讲广州近现代城市的历史，长堤大马路是无论如何也绕不过去的话题。作为广州步入现代城市后的第一个CBD，这里曾经诞生过多个广州之最，亦是当时新思潮的激荡之地和落地点。1.6公里的长度串联着一个又一个故事，封存在那些依然静默于时光里的老建筑中。华美依稀的建筑细节，总能教前来寻访的人忍不住想象它百年前的风华。

一、一百年前的金融中心

广州是中国最早引入西方先进金融机构的城市之一，而长堤是广州金融业的先导之地和中心。甲午战争到五四运动前后，长堤一线及附近地区已有多家官办、民营、官商合营及外资新式银行，为广州近现代金融业打下了坚实基础。沿江中路193号忠实地记录了广州银行业承递更替的完整历史，至今这座建筑作为中国工商银行广州第一支行仍旧在发挥着功能。

这段历史要从一百多年前的大清银行广州分行（成立于1909年）讲起。大清银行是清末官商合办的国家性质银行，具有发行货币、经理国库及公家一切款项、代理公债票及各种证券的权力。辛亥革命之后，清朝灭亡，为尽快恢复国家财源，保证正常的商业活动，中华民国临时大总统孙中山依照大清银行商股联合会的请求，同意将大清银行改组为中国银行。1912年2月，大清银行广州分行结束营业，1914年6月1日，中国银行广东分行成立，行址就设在沿江中路193号。

1923年，孙中山在广州第三次建立政权后，出于同样的目的，于1924年创设了国民政府（广州）的国家银行——中央银行。中国银行广东分行早于1920年停业（后复业），中央银行便将办公地点设在中国银行广东分行原址。中央银行成立后，迅速承担起国家银行的职责，发行货币、库券、公债，灵活调拨政府财政资金，促进了广东革命政府军、政、财的统一，为北伐战争、省港大罢工、官办实业等提供了重要的资金支持，在中国金融史上占据着重要地位。

1927年，随着南京国民政府的建立，上海增设中央银行，广州的中央银行遂由国家银行变为地方银行，于1929年改称广东中央银行，又于1932年改为广东省银行。1938年，广州沦陷，广东省银行大楼成为日军海军部；1949年后这里成为中国人民银行广州分行所在地，后变更为中国工商银行广州第一支行直至今日。

长堤大马路268号，是一座古罗马券廊式骑楼。浅灰外立面，底层设计成拱形，以粗大的罗马圆柱支撑，气派十足。这座骑楼如今归属广州市糖烟酒有限公司，其前身则是民国著名四大私人银行“北四行”（金城银行、盐业银行、中南银行和大陆银行）之首金城银行旧址。

从北洋政府到新中国成立前夕，中国最著名、最具实力的民营银行为“北四行”和“南三行”。金城银行的总部设在天津，以投资民族工商业著称，重点投资的行业被概括为“三白一黑”，即纺织、化工（制碱）、面粉和煤矿。不仅如此，金城银行还涉足保险业，其于1929年创办的太平保险公司一度可与外商保险公司勉强抗衡，是华商保险公司中的巨头。

268号最早是英商颐中烟草股份有限公司广州分公司的物业，抗战胜利后，金城银行广州分行在此复业，看中的正是长堤大马路繁荣的商贸业和金融业。2013年6月23日，中国内地第一家民间金融主题博物馆——中国（广州）民间金融博物馆在268号开馆，再现了当年金城银行的营业场景，也展示了中国从西周到近代的民间金融发展史。

广东是中国近代保险业最为发达的省份，早在嘉庆年间（1805年），英国商人就已经在广州开设了中国第一家保险公司——谏当保安行，其后陆续有中外资本背景的保险公司进入广东，它们大多先在香港注册成立，然后再在广东开设分公司，大约有九成保险公司分布在广州，剩下的零星开设在汕头和潮安等地。据《岭南金融史》统计，至1932年，仅广州市就有中外保险公司98家。广州的保险行最早由洋人开办，地址多选在沙面英法租界内，随着保险业的发展和长堤的兴旺，各保险公司逐渐从沙面扩散到沙基大街，再沿着长堤进入长堤大马路。

中山大学孙逸仙纪念医院的体检中心是一幢刷成淡黄色的五层骑楼，夹在高大的爱群大厦和医院大楼之间显得很不起眼，忧心忡忡的病人和家属几乎不会分出一点目光给它，更不知道它有自己的名字。这是光楼，长堤现存最早的西洋建筑之一，20世纪二三十年代它率先将保险公司引入长堤，是当时知名的保险大楼。

光楼的前身是博济医院开办的博济医学校。1912年，美国浸信会传教士湛罗弼从博济医院租得此地，打算开办美华书局的书楼。1915年，他拆掉博济医学校，重新起了一座带着浮雕和粗大罗马柱的五层骑楼建筑，根据《圣经•创世记》“上帝说：‘要有光’”一语，将其命名为“光楼•MISSIONS BUILDING”，亦称“南华基督教图书馆”。彼时长堤大马路还没有完全开通，因而坊间一直流传着“未有长堤，先有光楼”的说法。1925年，湛罗弼将美华书局连同南华基督教图书馆一并迁至上海，光楼遂被他分租出去。

1932年，广州市立银行购得光楼产权，除首层自用外，其余楼层继续分租给七家知名保险公司：友邦保险、福泰保险、英商圣德里保险、新大陆保险、全球水火汽车保险、泰山保险和美亚保险。其中友邦、泰山和美亚都是犹太人史带所创办。至于光楼的产权所有者广州市立银行，也相当有来头，是民国广州市政府直属的唯一金融机构，因为有政府背景，主要工作是配合市政建设的房地产贷款业务，为推进广州都市化进程出力不小。

1990年8月，广州第一家西式快餐店“添美食”第一分店在光楼开业，比广州第一家麦当劳餐厅早了将近三年。如今“添美食”已经消失了，只有走过那个时代的广州人依然记得“添美食为你添美食”这句广告词。

二、从永安堂到爱群大厦

政府和资本财阀看重的是长堤的金融功能和吸金能力，而对于广大的广州市民而言，长堤的美妙之处在于形形色色的服务业，它们囊括了当时一切新奇有趣的吃喝玩乐，为身处动荡时代的广州人提供了感官和精神上的慰藉。

长堤大马路的东西两端矗立着两座建筑，西边是爱群大厦，东边是永安堂，在20世纪四五十年代，它们分别是广州第一、第二高楼。永安堂的主人叫胡文虎，著名的华侨企业家、报业家、慈善家和“万金油大王”，生产的虎标万金油驰名省港澳和东南亚，至今仍是很多广东人家日常必备药品。

永安堂所处的位置原本是海珠公园东侧胡文虎的永安码头。1931年海珠公园被填埋后，永安码头也一并被埋入地下，胡文虎便于1932年在原址修建了永安堂，作为虎标万金油在广州的生产和经销之处。永安堂是一座五层骑楼，首层建筑两侧带着长长的廊道，楼顶设有四面大钟，是民国时期广州的第一钟楼和第二高楼。

20世纪初，胡文虎开始投资报业，先后在东南亚创办了十几家报纸，均以“星”字开头，如《星洲日报》《星华日报》《星岛日报》等，构建出华侨报业史上的星系报业王国。1938年，胡文虎将排版印刷设备运到永安堂，预

永安堂

备将其改为报社，筹办《星粤日报》。不料这一年广州沦陷，日伪当局利用永安堂现成设备创办了《广东迅报》作为占领军的机关报，用于洗脑、控制舆论和传播汉奸理论。

新中国成立后，永安堂一度收归公有，成为广东省总工会所在地，并在20世纪60年代于门前立起了一座充满力量感的《创业者》雕像，如今已成为广州的标志物之一。90年代，广东省人民政府将产权归还给胡文虎之女胡仙，胡仙又将永安堂捐赠出来用于社会公益事业，于1994年辟为区少儿图书馆，全称是“纪念胡文虎先生广州市越秀区少年儿童图书馆”。

长堤便利发达的水陆交通使这里成为货物人流集散之地，由此带旺了与住宿、餐饮、娱乐相关的服务行业，从20世纪10年代起，这里便出现了南方旅店、广泰来客栈等专门接待南洋侨胞侨眷的客栈，它们有一项服务是代办侨眷的出入境手续，还可帮忙联系预订来往车船，这种一站式服务在当时长堤大马路的服务业中颇为常见，体现了当时商人先进的经营意识，深受华侨好评，在东南亚享有很高口碑。到了二三十年代，长堤出现了一批高档酒店，如东亚大酒店、新亚大酒店、新华大酒店以及有“南中国之冠”之称的爱群大厦。

爱群大厦位于长堤大马路西端与沿江西路汇合的夹角处，整体呈前尖后宽的立体三角形，正面迎向合而为一的

爱群大厦

马路，无论何时看，都像是一艘正在劈波斩浪的巨轮，从过去驶到现在，再去往未来。

爱群大厦是香港爱群人寿保险有限公司的产业，始建于1934年，1937年建成并作为高级酒店投入运营。它是广州第一幢钢框架结构的仿美国摩天式的高层建筑，15层64米的高度，使其在1937—1967年的足足30年间一直是广州第一高楼，被当时的媒体誉为“开广州高层建筑之新纪元”。

在相当长一段时间里，爱群大厦是广州高端酒店的天花板，以装修堂皇和设备先进著称。酒店拥有300间客房，每间房里有独立的电话、暖气、卫生间和电风扇，楼内有电梯，还有酒吧和中西餐厅，消费高昂，出入皆政商名流，普通人别说进去消费，连在爱群大厦的廊道下行走都多有不敢。

1949年11月11日，广州举行庆祝解放大游行和人民解放军入城式，爱群大厦上悬挂出一幅足有六七层楼高的毛泽东全身像，预示着连同这座第一高楼在内的整个广州城即将迎来新生。1949年后，爱群大厦依然保有高级宾馆的地位，是第一至第十届广交会开闭幕酒会和接待港澳贵宾的指定宾馆。那时港澳人士来广州大多坐船，在长堤码头下船后便直奔爱群大厦入住。像霍英东、何贤等港澳商界名流甚至在爱群大厦有固定的房间，比如霍英东喜欢住在1033号房间，何贤则习惯包下十四楼整层。

20世纪80年代以后，爱群大厦逐渐变得“亲民”起来，虽然仍旧以高消费著称，但普通人偶尔也可以去旋转餐厅吃一顿饭，或者到13楼的音乐茶座吃点心听歌。随着广交会会址的搬迁，北京路、上下九、天河以及环市东等商圈和CBD的先后崛起，爱群大厦也渐渐冷清下去，难以再现门庭若市的光景。

三、去长堤“逛公司”

如果说爱群大厦代表的是身份的差距和阶级的鸿沟，那么长堤的百货商店就是权贵和平民都能享受到的近现代物质文明成果。与爱群大厦同为广州地标的南方大厦比之前者，在广州市民的心中占据着更重的分量，因为它是广州市民几代人共同拥有又各不相同的时代记忆。

1918年，澳洲华侨蔡兴、蔡昌兄弟俩集资在广州中山五路和长堤开了两家大新百货公司，前者位于城内，叫作城内大新；后者位于城外，叫作城外大新。城外大新是南方大厦的前身，于1922年建成，总共12层，是当时中国第一高建筑。

城外大新大概是中国最早的商业综合体之一，楼内不仅有百货商场，还有天台游乐场、空中花园、中餐厅、西餐厅、饮冰室、浴室、照相处等，甚至还修建了螺旋坡道，可以让小汽车直接开到四楼，可谓周到之极，时髦之极，先进之极，故而当时有“不到大新，等于没来广州”的说法。

1938年广州沦陷，城外大新被日本轰炸机轰炸导致失火。大火烧了四天三夜，将城外大新烧得只剩框架，直到十多年后，才由广州市人民政府在原建筑结构的基础上进行复原重建，于1954年重新开业，更名为“南方大厦”。

20世纪八九十年代的南方大厦延续了城外大新曾经的辉煌。这里卖的是全广州乃至全广东最紧俏最时髦的商品，比如9英寸的彩色电视机，以及当时年轻人结婚必备的“四转一响”——钻石牌电风扇、红棉牌自行车、华南牌缝纫机、上海牌手表以及春雷牌收音机。通宵达旦在南方大厦门口排队购买限购商品是很多50后、60后广州人难忘的记忆。1983年，它以2.7亿元的营业额位居全国12家大型百货商店的首位，实力十分强劲。进入2000年，由于广州市经济中心的转移，加上新的商业体的崛起，南方大厦百货业渐渐衰落下去。

2004年，南方大厦转型为国际电子数码城，再次创造出属于自己的荣光。直到2019年，南方大厦都是中国最大的电子配件外销交易市场，各种各样的电子产品，上至最新款的手机和配件，下至“中古”时代的万能充电器应有尽有，数码城里的店主们自信地说，在这里只有你想不到，没有你买不到的电子配件。每天，肤色不同、语言各异的顾客在南方大厦进进出出，与店主一番讨价还价之后，整箱整箱的货物便从这里发往全国乃至南美、北非、中东、西欧和东南亚。

2019年，随着沿江西路商圈改造的启动，加上南方大厦电子数码实体店在电商冲击下也每况愈下，政府决定收回南方大厦，计划重新改造之后引入酒店、餐厅、书店、展览馆以及空中花园等业态——百年前城外大新的风华，或许是广州人放在心头的执念。

另一个让广州人念念不忘的是广州先施公司，由“中国百货业之父”马应彪创办于1914年。先施公司全称“先施有限公司环球货品粤行”，是内地首家现代百货公司，以经营中高档洋货为主，同样是一个将吃喝玩乐购一站式到底的商业综合体，其附楼还设有先施人寿保险公司、先施水火保险公司和先施信托银行等，可以说把人的基本需求都安排得明明白白。

可惜的是先施公司在1976年消失于一场大火中，在原址重盖的大楼如今叫作“锌厦商业中心”，已然没有先施公司那复古华丽的韵味。不过，当年先施公司的附属设施东亚大酒店倒是至今仍在营业。东亚大酒店是广州解放后第一面五星红旗升起的地方。1949年10月14日晚，在获悉解放军准备进城的消息后，地下党员萧响三和东亚大酒店“职工同乐会”的工友梁新、马明和陈贞一起用红色的窗帘布和黄色的球衣连夜缝制了五星红旗。第二天清晨，一面鲜艳的五星红旗从酒店三楼的窗口升起，迎接大军入城。

四、生香活色——长堤的饮食与娱乐

长堤也是美食的天堂。这里汇聚了不同档次、不同口味的餐饮，从街边的大排档到装饰豪华的高档餐厅，从中餐到西餐，无所不有。其中最著名的三家餐厅号称“三大”，分别是大三元酒家、大公餐厅和大同酒家。

明清时期的读书人想要求取功名从政，必须经历五级考试，分别是童试、院试、乡试、会试、殿试，其中童试又分为县试和府试。县试、府试和院试第一合称“小三元”，而乡试解元、会试会元和殿试状元合称“大三元”，历史上连中三元者极少，乃是万中无一的人才。创建于1916年的大三元酒家，其名称含义是“酒家榜首，食肆班头”，可谓雄心勃勃。

大三元的前身是一间狭长的竹筒形小酒楼，因经营不善，老板便将酒楼卖给了酒楼业名家陈福畴。陈福畴接手后，将左邻壶天酒楼和右舍羊城置业公司也一并租下连成一片，创立了拥有56个厅房的大酒家——大三元酒家。

说起陈福畴，那在20世纪二三十年代的广州餐饮界是响当当的人物。当时广州的四大酒家——大三元、南园、文园和西园，均是经陈福畴主理后声名大噪，成为一流酒楼。陈福畴很懂得精准营销：南园位于天字码头附近的八旗二马路，主要顾客是城内高官、捐商、大盐商、公子和二世祖，酒楼便以奢华和隐秘著称；文园地处西关文昌巷，这里历来是正当商人、遗老遗少和文人荟萃之地，酒楼建成亭台楼阁俱全的园林样式，清幽雅致，文人往往喜欢来此消费，雅集清谈；惠爱西路的西园，原本是六榕寺的寺产，善男信女众多，于是陈福畴便推出“鼎湖上素”和“罗汉斋”，以迎合佛门子弟和居士的餐饮需求。至于大三元所在的长堤，当时是广州最重要的交通枢纽、水陆码头，汇聚了三教九流的人物，其中不乏一掷千金的豪客，以及“捞偏门”的黑白两道人物，他们有高消费的需求，但又不愿意去达官贵人出入的南园，于是大三元酒家就成了他们的最佳选择。

彼时长堤一带已是公司店铺林立，其中约有三分之一是餐饮业和旅业，竞争十分激烈。大三元酒家为了从中争得一杯羹，可谓做足了工夫。首先，陈福畴拉拢了活跃

大三元酒家

于长堤的各路人马与头面人物，为酒楼在这里站稳脚跟提供保障；其次，提升酒楼硬件设施作为招徕顾客的噱头。电梯在20世纪二三十年代的广州是新奇事物，只有城外大新公司装有电梯，当时还有“坐升降机行大新公司”的说法。大三元酒家虽然只有三层楼，也安装了电梯，成为广州第一家安装电梯的餐饮企业，并打出“有机可乘”的广告，一时成为市民的谈资，大家都觉得大三元时髦气派，上那里吃饭是件很有面子的事。

不仅如此，大三元在菜式上也很舍得下本钱。当时广州有一位名叫吴銮的名厨，年纪不大，只有30岁，却以一手绝妙的鱼翅烹饪功夫出名，号称“翅王”。大三元高价聘来吴銮入主厨政，推出60块银圆的“红烧大裙翅”。

那时普通人一个月只要四五块银圆就足够日常生活开支，60块银圆虽说能够在大三元吃到一围（桌）菜（按当时酒家的说法，60块银圆是红烧大裙翅的价钱，其他菜为附赠），但对普通人而言仍旧是可望不可即的“天价”。大三元此举一下提高了酒家的档次，据说时人开玩笑打赌，时常说“输了请你大三元一席酒”——粤语“一席酒”与“一直走”谐音，意为输了请你去大三元走一圈——可见大三元在广州人心中的地位。

大三元的名气甚至传到了省外。1946年，南京大行宫附近开了一家高档大酒楼，甫一开张便以70多张台、能同时容纳500多人就餐的大手笔震惊全城。这家酒楼效仿广州大三元酒家，请来广东名厨以经营粤菜为主，也取名“大三元”，很快便成为南京知名饭店，吸引了傅抱石、梅兰芳、赵丹、奚啸伯等名人慕名前来品尝。

大三元酒家在30年代后期逐渐走下坡路，其间几次易主，于1953年宣告歇业，后在商业部门的支持下，于1959年10月复业，再次跻身一流餐厅。20世纪六七十年代，大三元酒家一度更名为“今胜昔饭店”，菜式和服务一落千丈，直到1982年与香港龙星有限公司合作经营才再次焕发新生。

80年代的大三元酒家除了经营高档餐饮，还设有可以唱卡拉OK和跳舞的豪华包厢，十分时髦，并将分店开到了天河区的东圃和北京。据说，北京大三元酒家的匾额由爱新觉罗•溥杰亲题，寓意“福”“禄”“寿”圆满皆备。

然而随着餐饮行业日益激烈的竞争以及长堤经济地位的衰落，大三元酒家日趋没落，于2000年正式停业，店面亦拆分出租给鞋店和服装店，最后于2005年拆除。2014年，有关部门在大三元酒家原址进行商业楼（餐饮功能）改造工程，坊间传说届时大三元酒家将再次回归，只可惜直到如今工程仍旧在施工状态，大三元归期还未可知。

“三大”中的大公餐厅以西餐和西点闻名省港澳，招牌菜是葡国鸡、焗酿龙虾、荷兰牛柳等。大同酒家的前身叫广州园酒家，1938年由日本人中泽亲礼等创办，因经营不善，被香港饮食界名流冯俭生和“茶楼大王”谭杰南先后接手。谭杰南买下大同酒家后，广延省港澳名厨，吸收三地餐饮精髓，创出驰名的“大同脆皮鸡”“海南大群翅”“金牌烧乳猪”“红烧网鲍片”等菜式，深受政商两界名流青睐，孙科、宋子文、蒋经国、陈立夫、孔祥熙、何应钦等都是大同酒家的常客，有时候他们在府邸举办宴会，也会召大同酒家的厨师上门服务。

但凡热闹繁华的水陆码头，总少不了供人放松娱乐的戏园茶楼等场所。长堤也不例外。最早这里设有戏院，后来电影开始普及时又有了电影院。海珠大戏院建于1902年，起初叫同庆戏院，后以海珠石为名，于1904年改名为海珠大戏院，是专门表演粤剧的剧场。凭借长堤的地理交通优势，海珠大戏院的观众上座率极高，久之成为各家戏班争相演出的场所，尤其在1926年改造成中西合璧的剧场后，以三层观众厅、1900多个观众席而成为广州戏院之冠，号称“戏霸”，名扬省港澳，很多戏班都以能演海珠大戏院的头台为荣，有“一登龙门，身价十倍”的说法。

明珠影画院由电影人卢根创办于1921年，1937年更名为羊城戏院。明珠影画院是广州最早的正规电影院，也是默片时代广州规模最大、设备最好的电影院，开国内“对号入座”的先河。广州最早的电影院大约出现在光绪年间，早期的电影院男女分开坐，男座在前，女座居两侧。对号入座打破了“男女大防”，使男女可相邻同座，在当时不亚于一场思想革新，体现出一种两性平等意识。有人将此事刊报评论，一度引发社会争论。从这个角度而言，长堤不仅是广州城市和金融工商业近代化的开始，也是一处新思想的实验场。

五、中国第一家近代医院与女子教育

长堤大马路西端尽头，门牌号写作“沿江西路107号”的，是一座灰褐色带着四根巨大圆形罗马柱的石砌门楼，仿佛凯旋门样式，厚重的拱形大门豁然洞开，门后是一座百年石质纪念碑，立于1935年，褐色的碑身上刻着“孙逸仙博士开始学医及革命运动策源地”金漆字。纪念碑正后方，是一座与纪念碑同年建成的典型新古典主义风格建筑，名叫“博济楼”——这里，正是中国历史上第一家西医医院所在地，也是中国西医和西医教育起源地：博济医院。从1886年到1887年，孙中山曾在此以“逸仙”之名学医并开始革命活动，因而博济医院如今叫作“中山大学孙逸仙纪念医院”。

中山大学孙逸仙纪念医院的历史可以追溯到1835年，是由美国首位来华医学传教士伯驾创办的眼科医院，最初医院院址选在十三行新豆栏街（即英文文献中的Hog Lane，意为“猪巷”），故名新豆栏医局。新豆栏医局是19世纪中国最早的教会医院，当时的中国内地仅有零星西医传入，大众对于西医普遍抱有怀疑和不信任的态度。为了尽快融入当地社会以便传教，新豆栏医局遂以中医不擅长的眼科专科切入以减轻被排斥，在治好了几例眼疾后，很快声名鹊起，以“广州眼科医局”之名享誉远近。不久，新豆栏医局扩大规模，改名为“仁济医院”，医治范围从眼科扩大到了全科，前来求医者甚众。1839年林则徐在广东禁烟期间，也曾慕名请伯驾替他诊治疝气和哮喘病。伯驾为林则徐设立了一个病历，编号为6565，这意味着，自1835年医局开张，到1839年林则徐就医，仁济医院已经接待、治疗了6565位病人，足见大众对其之信赖。

1855年，美国医学传教士嘉约翰接替伯驾成为仁济医院主持人，次年仁济医院在第二次鸦片战争中被毁，经嘉约翰多方奔走筹措，于1859年在南关增沙街重建，更名为“博济医院”。1866年，嘉约翰将医院搬至现址（旧称仁济路），他有感于中国西医人才的严重匮乏，于同年开办了博济医院附属医学校——博济医学校。

博济医学校是中国近代第一所西医学校，致力于培养中国自己的西医。基于当时的社会背景，嘉约翰认为多数本土青年学医的目的是将其当作一种谋生手段，因而他改变欧美医学院依照教材按部就班完成正规课程的学制，而以教授临床诊疗技术为主，针对广东一带盛行的疾病，如亚热带流行病、眼病、皮肤病等对学生进行培训。嘉约翰还看到，当时西医的主要行医对象大多是平民阶层，他们听不懂英语的医学名词和概念，于是博济医学校以中文教学为主，有时甚至直接用广东话进行教学，以便将来学生毕业后行医时能够和病人顺畅沟通病情。

基于此种目的，博济医学校起初以短期、小规模的医学班为主。1879年，博济医学校正式设立博济医科，西医教育趋于系统化和正规化，规定学制三年，学习期满后须进行临床实习。值得一提的是，这一年博济医学校还开先河，提出同时招收男女学生，成为中国第一所招收女学生的西医学校，首批录得三名女生，主修妇产科，是中国最早的妇产科女医生。1886年，孙中山就读博济医学校，曾向校长嘉约翰提出要求允许男生参加妇科的临床实习。孙中山很可能是中国妇产科史上第一位男医生，从1892年到1894年，他以全职医生的身份在澳门行医时，曾在《澳门回声》上刊登数条行医广告，强调擅长诊治妇产科疾病。

私立岭南大学孙逸仙博士医学院

1903年，博济医学校更名为“南华医学堂”；1936年7月，博济医院与夏葛医学院等院校合并，组成“孙逸仙博士纪念学院”；1985年更名为“中山医科大学孙逸仙纪念医院”；2001年，中山医科大学并入中山大学，后改称“中山大学孙逸仙纪念医院”，直至今日。如今，中山大学孙逸仙纪念医院已走过187个春秋，依然发挥着济世救人的功能，仁心一缕，星火相继。

其实在长堤，提倡女子与男子接受同等教育的不只有博济医学校，与之相隔不远的广州市真光学校更是在推动广东女子教育方面贡献卓著。长堤大马路348号是广州市真光学校所在地，已拥有149年办学历史，其前身是广东乃至华南地区第一所女子教会学校真光书院。

1872年，美国长老会指定那夏里女士为校长，在今六二三路创办了真光书院。初创时只招得学生6名，到了1878年迁至现址时，已有学生100多名。1912年，真光书院改名真光学校，进入发展时期，至1916年已颇成规模，设有初小、高小、师范、研经等部，1917年还在荔湾区白鹤洞设立中学，亦即如今的广州市真光中学。真光学校后因开设分校以及太平洋战争爆发而辗转办学，在香港、广州都有多处办学点，现在名称中带有“真光”二字的学校，如广州市真光小学、广州市真光学校、广州市真光中学、真光幼儿园、香港真光中学、九龙真光中学、真光女书院和香港真光书院，都同出一源。

“真光”一名出自《圣经》：“是乃真光普照乎万世之人人。”其校训“尔乃世之光”则来自马太福音5:14：“尔乃世之光、邑建于山、不能隐也。”学校的创办初衷是为了向妇女传道，但客观上它为中国传统女性，尤其是贫困家庭的女性提供了受教育的机会，给了她们一扇看世界的新窗口和另一种人生的可能性，从这所学校走出去的女性成为广东第一批女医生、女护士、女教师，知名政治活动家陈香梅、中国第一位女特技飞行员张瑞芬都是真光学校的校友。

尾　声

随着时间的推移，广州的城市面积越来越大，长堤却仿佛变得越来越小，但这方空间里，却折叠着许许多多的旧故往事，等着有心人前来钩沉。如果我们说建筑有记忆，那么记忆就是那些曾经依托建筑存在的人事物。岁月长流，建筑老去，很多记忆也正渐渐湮没于时间的尘埃中，如今再回头重新捡拾，赫然发现其中有的细节与片段已经变成未知。历史建筑的保护，不止要保护有形的部分，同样也需要关照无形的那一部分，唯有两者结合，才能让后来的人读懂这条街，以及这座城。

骑楼：变通中西的南国商街

一、骑楼：另一种衣锦还乡

看过电影《让子弹飞》和《一代宗师》的人，想必都会对电影里外廊连接成排的中西合璧建筑印象深刻。这种建筑叫作“骑楼”，主要分布于两广、福建和海南地区，具有十分强烈的地域风格，曾经是岭南地区商贸发达的象征和粤商的标志。

由于五岭的阻挡，岭南文化自古便与中原文化有很大差异；岭南地区东部和南部面向广大的海洋，以及海洋以外更广阔的世界，令生活在这里的人群早在先秦时期便发展出外向型的海洋文化，农商并重，并逐渐形成务实、灵活、包容、拼搏的群体性格。19世纪中后期，随着中国与西方接触的增多，加上当时内部时局混乱，天灾人祸连绵，促使本来就极富开拓冒险精神的岭南人沿着海上丝绸之路航线以及15世纪以来形成的新航路，“下南洋”，“上金山”，为了谋生而移民海外。

外出挣钱，回乡造屋。一代代中国商人都重复着这样的生命轨迹。他们在异乡奔波忙碌，风尘仆仆，最终都是为了能够衣锦还乡。这是根植于中国人血脉之中的乡土观念，对于漂泊海外的华人来说尤其强烈。谋生的艰辛、文化隔阂带来的社会隔阂、落叶归根的乡土观，最终在20世纪初形成了一波华侨返乡潮。这时，第一批“下南洋”“上金山”的移民已经在海外拼搏了几十年，尽管他们中的大多数人并没有实现财富梦想，而是湮灭在历史的尘埃里，但也有相当一部分人及其后代积累下大量财富。于是他们携带资本，踏上了归乡的路。返乡的华侨不仅带动了岭南地区工商业的又一次发展，而且带入大量外来文化因子。这些外来文化因子与本土文化相结合，发展成一种特色鲜明、中西合璧的新的文化形式，成为岭南文化的有机组成部分。骑楼就产生于这种背景之下。

骑楼的源头可以向上追溯到18世纪下半叶（也有研究者认为源自古代地中海国家的桥廊建筑）。当时在印度南部的英国殖民者为了适应当地炎热气候，发展出可以遮蔽阳光的外廊式建筑，随后风靡同样气候炎热的南亚及东南亚地区。岭南地区地处低纬度，受季风影响，夏季太阳辐射强，高温、高湿、多雨，气候颇类南洋。20世纪初，大批华侨回乡建房，出于实用性的考虑，同时也为了让自己的身份地位与乡党们有所区别，他们将这种流行于南洋的建筑样式和岭南本土建筑结合起来，创造出既适应岭南气

20世纪七八十年代的骑楼一条街

候又独具一格的骑楼。这些外立面被装饰成巴洛克式、哥特式、南洋式、古罗马券廊式、中国传统式等风格的骑楼耸立在岭南乡土建筑之间，作为一种身份、眼界、品位和审美的象征，成为华侨衣锦还乡的另一种标志。

二、骑楼街的形成：从居住到商住两用

在中国传统文化体系里，商人的地位很低，所以再富可敌国的商人，最后的归宿也是买田置地做个清闲富贵的员外爷，跻身地主阶级。而岭南华侨却鲜有如此，他们

回到家乡不甘清闲，而是倚靠岭南地区（特别是广州）对外贸易的优势地位开办商铺做生意，丝毫不以商人身份为忤。究其原因，大致有三：首先，岭南地区外向型的海洋文化及延续两千多年的对外贸易传统形成了岭南人重商讲实利的思想，自古以来，他们既崇尚读书做官，也接受经商致富。其次，广州具有深厚的外贸土壤，自康熙二十三年（1684）起重开海禁，至乾隆二十二年（1757）广州“一口通商”，成为中国唯一的对外贸易城市，随着广州十三行洋商的出现，英、法、荷、意、德、挪威、瑞典、西班牙、美国等国商人纷纷来此做生意，促使广州对外贸易从贡舶贸易向通商贸易转变，商贸活动高度繁荣集中。第三，19世纪末20世纪初的中国正值社会剧变，西方资本主义打碎了天朝迷梦，当时社会上很多有识之士认为教育和经济是救亡图存之道，提出了实业救国的口号，很多华侨因此怀着一腔爱国热忱返乡投资兴办实业。

商贸需求是骑楼文化得以形成的最重要原因。老广都知道，骑楼街汇集了专业化的商铺和街市：买铜器去恩宁路，寻找美食去文明路，书画装裱到文德路，一德路一带遍布各种批发市场……可谓无商不成街。广州老城区之所以形成这样的街市特色，与第一代自海外归来的骑楼主人灵活机变的商业头脑有很大关系。

私人住宅注重私密性和排他性，商用建筑强调敞开性和公共性，二者矛盾看似不可调和，但对善于变通的岭南人而言并不是问题。他们对骑楼的改造，不单只是在外观方面，更在功能上进行了变通，将原本只起到遮阳避雨、防太阳眩光的外廊加以利用，变为陈列商品、供行人行走的公共空间。骑楼的格局通常是底层前部为公共走廊，后部为店铺（店铺里的商品有时也会摆放到外廊空间），二层以上则为住宅。骑楼临街的一面往往装饰成当时流行的异国建筑风格，被时人称为“洋式店面”。这样的布局，不仅为行人遮阳避雨提供了方便，而且对于商家来说，居所和店铺设置在一起，即可全天候营业，风雨无阻，财源自然滚滚。

岭南地区早期的骑楼通常独门独户，没有连接成片，无法形成商铺规模效应。后经当地归侨商会协调、政府批准，将骑楼纳入城市街道建设规划，成片的骑楼街开始出现，这被称为“造市运动”，由民间自行约定建造。

1912年，国民政府开始着手都市改造运动。为了尽快实现都市计划，同时解决城市居民居住环境拥挤的问题，政府采取“影响最小，破坏最小”的办法，颁布《取缔建筑章程及施行细则》，规定沿街建房的个人必须留出一定宽度的空地作为公共走廊，同时还对骑楼的高度和廊柱的间距都做了规范：“……凡堤岸及各马路建造屋铺，均应在自置私地内，留宽八尺建造有脚骑楼，以利交通之用……骑楼两旁不设用板壁竹笪等类，遮断及摆卖什物阻碍行人……”骑楼街建设开始由民间自发行为进入政府主导的“法制控制”之都市规划时代。

也正是因为有政府的统一规划，如今行走在骑楼街，会发现虽然个体建筑风格多样、层数不一，但第一层廊道的宽度和层高都十分统一，因此骑楼间能够连成一线，延绵成街。据说旧时在骑楼林立的岭南城镇，下雨天出门不用带伞，顺着骑楼可以走遍全城而不被淋湿。就这样，人气、财气、风气在骑楼间聚集、流淌，形成了岭南特有的骑楼文化。

三、广州骑楼街：一段关于城市的过去

老广州人说的广州老城区，是指老荔湾、越秀（东山）和海珠西部的区域，这里还保留着很多广府文化建筑：西关大屋、东山洋房、延绵成街的骑楼……其中骑楼最能体现广州的商业文化精神。走在一德路、恩宁路、长堤大马路、北京路、上下九、文明路、同福路、惠福西路和南华路等街道，触目尽是风貌各异的骑楼，它们或充满市井生活气息，或带着浓厚的商业氛围，或透露出海外归来主人的不俗品位，构成了广州最具岭南风情的文化符号。

惠福西路106号，是一座中西合璧的骑楼，楼高五层，有着绿色琉璃瓦披覆的中式大屋顶，搭配西式大门、拱券和铁艺围栏。骑楼的外墙被刷成鹅黄色，矗立在周边比它矮一截的建筑群中，显得格外优雅。然而这么漂亮的一座骑楼，除了门牌编号，却没有正式名字，住在

这条街上的人们都称它为“小洋房”，没人能清楚地讲述它的故事，只有一些上了年纪的人还依稀记得，这座骑楼大概建于20世纪30年代，是一位名叫“余夫”的留洋回国工程师、设计师自己设计建造的住宅。不过奇怪的是，这位“余夫”并未见载于民国时期的相关资料中，现在的人对他的生平事迹也一无所知。因此，一些历史建筑保护者把这座骑楼称为“谜之建筑师的情怀之作”。

我们现在唯一可以肯定的是，这座骑楼始建之时，是被当作传承子孙后代的家宅而用心对待的。房子的地基取自古火山西樵山的大块岩石；窗户、大门、楼梯扶手则以来自东南亚的坤甸木制成，只可惜几经动荡破

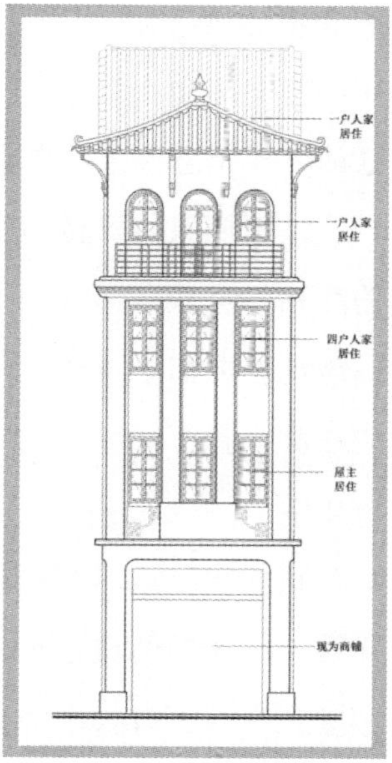

惠福西路106号骑楼（上）及其剖面图（下）

坏，如今已经被拆除了。一楼大门后的一片地面上，有白绿小石子砌成的“yf”字母，想来是屋主余夫名字首字母的缩写，也许当初主人曾考虑过把它当作家徽吧。和岭南地区其他很多骑楼一样，106号也经历过从风光到凋敝的历程。海外归来的第一代主人用心经营，期望后代从此扎根故土，壮大家声。而事实却是，岁月的动荡和社会的变迁，让后代们再次离开故园去往海外，重走祖父辈走过的路。

如今的106号，底层是一家电线店，三楼被四户人家分住，四、五楼各住一户人家，像一个大杂院。屋主则退居二楼，但由于长期居住海外，二楼已经空置多年。周围的老街坊说，旅居海外的后人偶尔回来，必然会打来清水用心擦洗地面上的“yf”标志，然后合照留念。他们用这样的方式纪念先人，也提醒自己从何而来、根在哪里。

这仿佛就是骑楼与生俱来的宿命。它是一个特殊时代的产物，承载着归国华侨衣锦还乡、实业救国的梦想，是岭南地区城市近现代化进程的象征。而今，它成了一道历史注脚，打在20世纪初围绕着岭南华侨展开的商贸文化交流史中。

正如哈尔滨的俄罗斯建筑、北京的四合院、上海的小洋楼，广州的骑楼也早已成为这座城市的一个文化符号。尽管在中国南方很多地区都可以觅到骑楼的踪影，但无论从历史、规模、数量还是规划方面，广州骑楼的翘楚地位当之无愧——它可能是当时唯一被地方政府以法规的形式进行过统一规划的骑楼建筑群。骑楼的出现和发展，不但是人居对气候环境的适应，而且还反映了广州近代发达的对外贸易和行商麇集的状况，更是粤商文化精髓（实用主义、灵活善变、兼容并包、勇于创新）的具体体现。

“商”，是骑楼建筑文化最重要的根基之一。广州骑楼最早出现在南华路、长堤大马路、一德路等商贸和水运发达的街区，后来逐渐扩张至全城主要商业集中路段，形成了那个时代广州街景的主格局。不仅如此，以广州为中心的骑楼文化，还随着粤商影响力的增强，沿着珠江水系向广西、福建、贵州、云南、江西等地辐射，成为粤商和岭南文化的一个标签。

从20世纪二三十年代到现在不到百年的时间里，广州市区向东扩大了数倍。在如今的地图上，老广州的传统中轴越秀山—解放路一线偏于西隅，过去的城市中心区被东边辽阔的区域挤压成小小的地块。然而，就在这区区15平方公里的老城区里，以人民路和中山路为坐标轴，北至东风路，西达龙津路，南到同福路，东止东华路，曾密密麻麻分布着59条骑楼街，总长度达40多公里。

骑楼街是许多广州老字号的出生地，那些现在声名远播的老字号，如致美斋、陶陶居、莲香楼、皇上皇等，就是出身于骑楼街，从这里崛起，走向全国乃至海外。今天中山四、五、六路一带是广州近代最早的商贸区，据记载，广州历史上100多家百年老店多数都曾在这里安营扎寨，鼎盛时期这一带甚至集中了全市70多家老字号店铺；长堤大马路、西堤二马路和人民南路一带则是商贸大厦、大酒店和电影院等的集中地，其中有名的有先施公司、大新公司、新亚大酒店、大三元酒家、中央大酒店、广州电影院、西濠电影院等，被誉为广州的外滩。当时的广州不仅陆路贸易发达，水路商贸也相当繁荣，珠江边上各类码头比比皆是，从全国各地驶来广州的货船、商船和客船络绎不绝，人们上岸后，就来到今中山路、长堤大马路一带游玩消费，更加带动了这一地块商贸的繁荣兴盛。

可以说，骑楼见证了广州这座城市近代高度发达的商业文化。

四、华侨搬来了欧洲广场

广州的骑楼街，似乎将骑楼这种建筑形式的商业功能发挥到了极致。而在离广州仅一百多公里的台山，岭南人因地制宜、善于变通的精神再次得到了完美的诠释。有着“中国第一侨乡”之称的台山，骑楼建筑在区内各镇随处可见，不过稍加留心就会发现，这里的骑楼与广州有很大差别。广州的骑楼是沿街分布，或者说，因为有连接成线的骑楼，所以形成了延绵的街市。台山的骑楼却不是条带状分布，而是四面合围，形成一片片四合院状分布，这叫作集市广场式圩镇，由台山华侨首创。

同样是骑楼，为何布局不同？这要从台山的地理环境和当时的历史与经济背景讲起。

台山多山而面海，区内东、西、北三面皆为山地丘陵，南面是辽阔的南海，在山与海之间，则散布着小型的山间盆地、滨海平原——台山的主要城镇和农田，就分布在这些平原和盆地中。这样的地理格局，造就了台山悠久的海外交往历史。据梅伟强、关泽峰所著的《广东台山华侨史》所载，台山的第一次大规模海外移民大约在元灭南宋时期；1774年，台山广海陈学进、陈社保父子前往南洋谋生，成为台山有记载的最早的华侨；鸦片战争前后直至20世纪四五十年代，台山海外移民达到了最高峰，这里随之成为远近闻名的侨乡。随着20世纪初华侨返乡潮的出现，台山籍华侨也纷纷返回故乡，并带回骑楼、侨墟楼和先进技术，推动了台山地方经济的变革与发展，其中的杰出人物便是陈宜禧。

陈宜禧，台山斗山镇朗美村人，早年在美国帮佣，后进入铁路夜校学习，从事铁路建造工作。1904年，已在美国事业有成的陈宜禧为了繁荣家乡经济，沟通台山至新会、江门和省城广州乃至广大内陆的交通，回国主持建造新宁铁路。关于这条铁路，有几点十分值得后人铭记。首先，这是我国近代第一条“纯国产”铁路和第一条民办铁路。在外国资本侵入中国广占路权的背景下，陈宜禧提出了铁路建设不招洋股、不借洋款、不雇洋工，由本县人自办的原则，建设资金全部来源于海外华侨和省港居民的集资入股。其次，对于台山而言，新宁铁路的开通，无异于增加了一条新的生命线，过去陆上交通不便的情况得以大大改善，无论是文化交流，还是物资流通都更加方便，加上民国时期广东省政府正开展经济建设，客观上产生了强大的凝聚力，吸引更多的归侨回故土发展。

20世纪二三十年代，由于华侨投资以及工商业发展，包括台山在内的江门五邑地区成为广东省数一数二的经济发达地区。受省城广州城市规划的影响，台山华侨在建造骑楼的时候，也十分注意形制统一性，因此一条条象征台山“商城”特点的骑楼街便在台城镇、端芬镇、四九镇等乡镇相继成型，发挥起巨大的商贸功能。

从整个岭南地区来看，台山的骑楼街称得上典型而特别。说它典型，是因为它几乎完整地保留了过去岭南骑楼街原汁原味的风貌，且具有很大的建筑规模。20世纪20年代，时任台山县长的刘栽甫着手筹划台城城区的改造工程，台城镇出现了第一次改造建设商业街区的高潮。刘栽甫委托当时的县工务局局长谭铁肩撰写了《台山物质建设计划书》，从建筑道路交通网、改造城市、创建公园、改建县公署、改良乡村及创立医院、图书馆、博物馆等31个方面规划了台山县城和乡村“物质建设”。其中关于扩宽道路、重新规划新式市场的条款，就是针对骑楼的改造和骑楼街（商业街区）的兴建。台山工务局还特地颁布《建筑凭照》，对骑楼的建造方方面面都做了细致规定，与1912年广州市政府颁布《取缔建筑章程及施行细则》有着异曲同工之妙。

然而，从当时的贸易格局看，广州作为第一贸易大城的地位毋庸置疑，而临近台山的香港、澳门和珠海是重要的对外贸易港口；甚至连台山的邻居阳江，也凭借其作为传统海上丝绸之路重要中转站的地位，而在商贸方面颇具锋芒。在这样的情况下，台山虽然有海外华侨实业家作为支撑，但在对外贸易方面却相对落后。因此，在新宁铁路修成之后，台山更多地扮演一个在珠三角地区转运货物的中转港口角色。

既然走外贸的道路太吃力，台山华侨就把目光转向"内需"——中国乡镇传统墟日所带来的商品交易需求。乡镇墟市举行的时间周期较为规律，且要求有空阔的场地，这一特点折射在骑楼街上，就赋予了台山骑楼街一个与众不同的特点——集市广场式墟镇。

集市广场式墟镇，是台山人学习和改造欧洲广场集市的成果。在欧洲，广场既是城市的重要组成部分，也是城市的中心，各种政府机构、商店、作坊都围绕着广场布置，这些区域性小广场以道路彼此相连，便构筑成更大的城市。这样的城市结构如今在欧洲很多古老的城市仍然可以见到，甚至我国的澳门，其老城区也是这种城市结构。台山人将集市广场概念引入，但又结合本土情况进行了改造，去掉其政治功能，只保留集散功能，使得广场不再作为城市的组成部分，而是落户乡镇，与村落相邻，成为乡民的生活空间。

台山墟镇平面结构大致是联排骑楼整齐排列成长方形，中间留出一定面积的空地作为广场，平时为乡民提供活动场地，墟日时则供商贩们摆卖商品摊档，所有骑楼的门皆开向广场，看上去宛如中国传统院落。过去这种布局的骑楼街在台山分布很多，如台城镇的圆山墟、大江镇的陈边圩、四九镇的五十圩以及端芬镇的上泽墟、成务墟、庙边墟、西廓墟等等，其中以端芬镇的汀江墟最为典型。

汀江墟就是现在台山人讲的梅家大院，因外形如同方城而得此俗名。汀江墟由梅氏宗族初建于1930年，1932年正式开张，在台山近现代商贸史中，汀江墟绝对值得记录。它的建立，是新式墟镇挑战旧式墟镇并获得成功的范例。

过去台山的各大小圩镇，都存在由一姓控制操纵墟政管理及商业活动、排挤异姓商户的情况。在汀江墟没有建立之前，大同河北岸已有一座圩镇，称为大同市，由阮姓把持。为了改变这种状况，以端芬大姓梅姓为首的异姓商户开始计划筹建具有先进管理模式的新墟镇。

汀江墟采用欧洲集市广场的结构模式，108间骑楼商铺为坐商，圩日入圩的流动小贩则被指定在广场四周街道。汀江圩广场开阔，道路通畅，设计合理，方便水陆路货物人流的交通；同时，各骑楼商铺在形制统一的前提

台山梅家大院骑楼

下，店主可根据自己的经济实力和兴趣爱好自由处理层高和立面建筑。

在圩镇管理方面，汀江圩则实行了西方股份制的管理方式，以“改良市政，自由营业”为宗旨，并将其写入《汀江圩招股开办章程》和《汀江圩立案简章》里，对圩集市政管理、商务活动规则一一详细规定，大到圩政决策、公款使用、铺地分配、经营范围，小至摊贩位置、卫生环境，都做到有章可循。由于规划和管理都十分先进，汀江圩很快便客商如云，成为台山数一数二的圩镇，来往港澳、江门、广州、佛山的船只运载国内外各种货物，由此上岸，带来一时繁华。

从广州的骑楼街到台山的圩镇，岭南人的灵活变通，为他们带来了丰厚的回报。曾几何时，骑楼伴随着粤商开拓的脚步，沿着珠江水系深入内陆地区和沿江沿海城市，甚至辐射到海外，作为粤商的“标配”，被称作“广东街”。时光荏苒，骑楼的居住功能已落后于时代，因为生活不便，很多人已不再愿意住骑楼。但骑楼的商用功能却一直发挥着作用。从时尚商场到个性小店，从充满怀旧气息的老字号到关乎寻常生活的日用杂货铺，从庞大的金融投资机构到灵活的中小微企业……面对时代与社会的变迁，骑楼街从容应对，无所不包，一如广东人的性格：来者不拒，宽容亲切。

南海丝绸之路与浮动的城市

1839年，摄影术在法国诞生。1844年，法国人于勒·埃及尔作为法国外交使团的一员，带着达盖尔相机到达澳门，率先把摄影术传入中国，并在澳门、广东拍摄了40余张中国最早的照片。其中有一张以广州为主题的照片，画

《广州，浮动的城市》照片复制版画

面上只见弯曲的珠江，水面开阔，远处江岸有成排的房屋，近处岸边则密密地停泊着木船和小艇，正是1844年广州珠江两岸风貌的真实记录，于勒将其取名为《广州，浮动的城市》。从某种意义上，他无意间道出了这座城市的天然属性和商业特征。

一、地理造广州

在以农为本的中国古代社会，岭南地区一直都是个性鲜明的存在。一方面，作为中央王朝的治下之地，它一直积极吸纳以儒家为代表的中原文化，有着深厚的乡土观念；另一方面，岭南人又具有农耕民族少见的外向开拓和冒险精神。造成岭南呈现出二元文化属性的原因在于岭南向内封闭、向海开阔的地理格局。

岭南通常指五岭以南的地区。绵延在岭南北部的五岭，是中国江南最大的横向构造带山脉、长江和珠江两大流域的分水岭，也是华中和华南气候的分界线。这样的地理格局，首先在自然气候方面，就将岭南和其他地区分开来。

而从人文地理的角度来说，在漫长的岁月里，因为有这组山脉的存在，阻隔了岭南地区与中原的交通与经济文化联系——尽管自秦代起陆续开辟了8条翻越南岭的大通道，以及200多条小驿道，使中原的文化技术得以渗入，但南岭群山仍旧使岭南地区保留着富有特色的本土文化。

岭南地区的东部和南部面临广大的海洋，珠江尾闾的辫状水系不仅在广东中南部堆积出了约有5.6万平方公里的珠江三角洲，而且在东部沿海地区形成了8个入海口。它们有着成为良港的自然条件，仿佛陆地通向海洋的门户，因此被命名为“门”——虎门、蕉门、洪奇门(沥)、横门、磨刀门、鸡啼门、虎跳门和崖门。

咸淡水交汇的入海口，有着丰富的饵料和浮游生物，吸引着鱼群等海洋生物在此聚集觅食，也吸引着岭南先民前来渔猎。早在四五千年前，岭南先民就已经将目光从南海之滨投向更广阔的海域。《淮南子·原道训》云：“九疑之南，陆事寡而水事众，于是民人……短袂攘卷，以便刺舟。”《淮南子·齐俗训》又云：“越人便于舟。”他们驾着平底小舟，追逐着鱼群，在南中国海乃至南太平洋沿岸及岛屿形成了以陶器为纽带的贸易交换圈，为岭南地域文化添上了一笔浓厚的海外贸易色彩。

中国古代历史上，自秦至清，在长达两千多年的时间内，曾有过六次大规模的人口迁移，秦征调罪民士兵伐岭南，平定之后又调50万人前来开发岭南，他们成为最早一批进入岭南的外来人口。之后，因为战乱等缘故，一批批人口来到岭南，使得岭南地区的社会人口常常处于一种动态结构中。独特的地理环境和人口结构，共同塑造了岭南人开放包容、开拓进取、敢为天下先的精神。这样的文化属性，也使后来海上丝绸之路的生发和十三行的兴起变得顺理成章。

被称为岭南文化中心的广州，位于中国大陆南部、珠江三角洲北端，于东、西、北三江的汇合处，濒临南海，背靠白云山，地处亚热带，气候温暖湿润，长夏无冬，繁花似锦，故亦有“花城”美誉。公元前214年，任嚣和赵佗来到这里，见此地北有山岭为屏，南面江海相通，水面平阔；山海之间，高岗台地可以营建宫室，平原谷地则土壤肥沃可事生产；环珠江口岸线曲折，岛屿众多，海水终年不封冻，天然便是利于避风通航的良港，于是决定把经略岭南的据点定在这里。二人扩建了南武城，更名为任嚣城，广州的建城史由此开始，为后来成长为南越国都奠定了基础。

任嚣和赵佗并不是最早慧眼独具的人。在他们发现广州是块风水宝地之前，早就有人捷足先登；而在他们之后，也同样不断有来者扩建、增筑这座城池。他们之所以对这里情有独钟，完全是因为广州得天独厚的地理和区位优势，不仅有利于据守，而且处于岭南水路交通中心，控扼着内陆进入岭南乃至南海的水上枢纽。据明代黄佐《广东通志》记载，公元前862年，楚国已经在这里建城，称为楚庭郢——这是任嚣和赵佗到来之前六百多年的事了，至今在广州越秀山上还有“古之楚庭”牌坊，为清朝人所立；四百年后，被越灭国的吴人迁入岭南，在楚庭的基础上建造了吴南武城；大约百多年后，又被越国占领，史称越南武城。

尽管目前考古学界还没有发现证明南武城确实存在的有力物证，但在先秦时期，对于内陆各诸侯国而言，南武城之名可谓如雷贯耳。明代学者郭棐《广东通志·郡县·流寓》卷二十二："于是南武疆土，遂为越贡奉邑，称雄于交趾。"南武城出名不是因为它有雄厚的军事实力，而是因为它已经发展出了相对成熟的对外贸易体系。这批从岭北迁移而至的早期"外来户"，把岭南先民留下来的海上陶器贸易交换圈全盘继承，并进一步发扬光大，增加了很多贸易交换品类，其中不乏对中原地区而言相当珍贵稀有的宝贝。

这时的南武城已经成为一个繁荣的对外贸易商港，但与之形成鲜明对比的是越国的弱小。曾在春秋末灭了吴国、称霸一时的越国，到了战国时期势力已经衰落，为了得到庇护，越国经常向魏国进献大量礼物，如犀角、象牙、翡翠、珠玑、吴江楼船以及会稽竹箭（《竹书纪年》："四月，越王使公师隅来，献舟三百、箭五百万及犀角、象齿。"）。其中前四种珍宝正是来自南武城的对外贸易。南武城令人垂涎的财富引起了秦始皇的觊觎。《淮南子·人间训》里提到，"又利越之犀角、象齿、翡翠、珠玑，乃使尉屠睢发卒五十万"，说明控制对外贸易权，获取源源不断自海外而来的珍稀货物，正是秦始皇经略岭南的目的之一。

对于秦始皇的意图，任嚣和赵佗自然心领神会，尤其当他们在岭南地区深耕数年之后，对岭南地区的区位优势认识更加深刻。秦末农民起义，天下大乱，赵佗听从任嚣的遗令而封关、绝道，筑起三道防线，拥兵数十万开创南越国，自立为王。

由于北向的通道被赵佗主动断绝，中原物资无法流入，赵佗便一面开发岭南，一面积极开拓海外贸易通道，为海上丝绸之路的形成奠定了基础，使之在西汉时期就进入了一个繁荣期。当时南越国已经可以造出宽8米、长30米、载重五六十吨的木船。每年冬季，满载着丝织物、布匹、漆器、陶器和青铜器的商船乘着东北季风向南到印度洋，再顺着夏季的西南和东南季风运回犀角、象牙、珍珠、玳瑁、玻璃和金银器等。如今，我们依然能够从南越王墓出土的具有波斯风格的银盒，用两河流域工艺制作的金珠泡饰、非洲原支象牙等珍贵文物，想象出当时“番禺都会”的贸易盛况。

二、航船逐浪而去

中国古代对外贸易交通，大抵分为陆上和海上。早在张骞凿空西域之前，西域就已经存在着一条贸易通道，将中国内地的丝绸由新疆运至中亚，再转运至欧洲。当时欧洲人以“赛尔”称呼丝绸，“赛里斯”意为“丝绸之国”，所指即中国。待张骞通西域之后，西方对于这条路的记录逐渐增多，古希腊地理学家马里纳斯和托勒密都先后在其著作中记载了这条以幼发拉底河渡口为起点，通往遥远神秘的东方的商路。1877年，德国地理学家、地质学家李希霍芬在他的《中国——亲身旅行和据此所作研究的成果》第一卷中，在总结前人的研究记录基础上，首次提出了“丝绸之路”概念，用来指古代中国西北与中亚、西亚、南亚、欧洲等地之间的陆上贸易通道，后经学生斯文•赫定的发扬宣传而为学界和大众所接受。

1913年，法国东方学家沙畹在“丝绸之路”的基础上，提出了“海上丝绸之路”的说法。“海上丝绸之路”是古代中国与外国交通贸易和文化交往的海上通道，也称“海上陶瓷之路”和“海上香料之路”，分为东海航线和南海航线两支，其中南海航线以广州和泉州为主要起点，经过南海、马六甲海峡、印度洋、波斯湾、红海等海域，抵达东南亚、南亚、西亚、欧洲、非洲等地，途经100多个国家和地区，其重要性和意义不亚于陆上丝绸之路，也被称为“南海丝绸之路”。

尽管海上丝绸之路的概念提出晚于（陆上）丝绸之路，但中国海上交通贸易的历史早在先秦时期就开始了。中国的北部与西部地区，或崇山环绕，或黄沙漫漫，在交通不发达的古代成为阻断往来的天堑。而在东南部地区，有天然良港，有每年如期而至的信风，更重要的是有许多可供歇脚补给的岛屿，于是最早的对外交流通道便在海上诞生，后来渐渐开拓发展成南海丝绸之路。

广州是南海丝绸之路的东方发祥地，黄埔古港是最早的始发港。自秦汉时期起，从这里扬帆的船只远航至东南亚、南亚甚至更远的非洲地区，不仅传递财富，也传递文化、艺术与宗教，点亮了中外文化交流的天空。

目前学术界一般把南海丝绸之路的形成时期定为秦汉之际。在这之前，海上贸易只是区域范围的“小动作”；公元前111年汉武帝灭南越，重新将岭南地区置于中央王朝统治之下后，以广州为中心的海上贸易首次将遥远的印度洋与广阔的中国内陆连接，一条突破区域局限、影响全国的陆海贸易大通道——南海丝绸之路出现了。

一旦阻碍南北交通的人为因素不存在，中原的各种货物特产便畅通无阻地自水路、陆路和海路进入岭南，再从广州、徐闻、合浦等港口转运到波斯、锡兰（斯里兰卡），乃至古罗马帝国。广州的地位亦从岭南中心城市一跃成为全国九大都会之一。司马迁在《史记·货殖列传》里特意以“番禺（即广州）亦其一都会也，珠玑、犀、玳瑁、果、布之凑”指出广州是南海北岸著名的都会和舶来品集散中心。班固在《汉书》中则有更详细的描述：“处近海，多犀、象、毒冒、珠玑、银、铜、果、布之凑，中国往商贾者多取富焉。番禺，其一都会也。”两千多年前，广州是缔造传奇与财富的地方，两千多年后，依然如此。

广东依山、拥江、面海，江海一体的格局，让广州得以以海为商，充分展开海上贸易。魏晋至隋唐时期，广州与海外的贸易交通往来趋向频仍，魏晋南北朝时期已经有比较成熟的远洋航线，从锡兰到广州，大约50天便可达。晋代，梵僧开始自海上过来，第一站或许是广州。

隋唐时期，由于西域连年战争，陆上丝绸之路被阻断，海上丝绸之路再次迎来辉煌，广州成为中国第一大港、世界著名的东方港市。唐代是中国古代海外贸易的重要转折点，其主要标志是唐王朝在广州创立了市舶贸易制度。得益于海上丝绸之路带来的发展，广州位列唐代四大港口（广州、泉州、明州、扬州）之一，并与扬州、汴州并称全国三大商业城市。据明代《广东通志》记载，贞观十七年（643），唐太宗下诏对番商运来的龙脑、沉香、丁香、白豆蔻四种货物征收10%的实物税，有学者认为这是中国历史上有史可稽的第一个外贸征税法令。

有唐一代，广州对外贸易虽因时局的变化动荡而有所起伏，但总体呈向上发展趋势，每年从海外来此做生意的商船络绎不绝，其繁荣景象给当时造访广州的人留下了深刻印象，“地际南海，每岁有昆仑（即今马来半岛）乘舶，以珍物与中国交市”（《旧唐书·王方庆传》），“海外诸国，日以通商”（张九龄《开大庾岭路记》）；唐人萧昕在《张九皋神道碑》里对广州的地理区位和贸易状况作了精练的总结：“五府之人，一都之会；地包山洞，境阔海壖；异域殊乡，往来辐辏；金贝惟错，齿革实繁；虽言语不通，而贽币交致。”以大历五年（770）为例，当年到达广州的外国商船多达四千余艘，历史学家张星烺估计当时每年到广州进行贸易活动的中外商人可多至80万人次。

由于往来朝贡经商的商船实在太多，唐高宗显庆六年（661）（一说为唐玄宗开元二年，即公元714年），广州第一个创设市舶使，主要由宦官担任（也存在广州刺史或岭南节度使兼任情况），总管海路邦交外贸，而市舶司则是中国最早的对外贸易管理机构，也是宋、元、明三朝一脉相沿的市舶司的前身。当时市舶使的主要职责有四点：一、向前来贸易的船舶征收关税；二、代表宫廷采购一定数量的舶来品；三、管理商人向皇帝进贡的物品；四、对市舶贸易进行监督和管理。

唐代是中国封建社会的高峰期，也是中国古代风气最开放、文化最包容的时期。有别于明清时期的“闭关锁国”，唐朝很欢迎外国人的到来，据《新唐书·地理志》记载，当时进入大唐疆域的通道一共有七条：“一曰营州入安东道，二曰登州海行入高丽渤海道，三曰夏州塞外通大同云中道，四曰中受降城入回鹘道，五曰安西入西域道，六曰安南通天竺道，七曰广州通海夷道。”

“广州通海夷道”就是唐宋时期的南海丝绸之路，也是当时世界上最长的航线。由于陆上丝绸之路被战争阻断，加上这时的造船术和航海术有了长足发展，远洋航线不断被拓展与延伸，南海丝绸之路空前发达。它以广州为起点，长达一万四千公里，从今香港新界的屯门港驶向外海，经东南亚、印度洋北部诸国、红海沿岸、东北非和波斯湾诸国等三十余国，抵达奥巴拉港和巴士拉港，再换乘小船沿幼发拉底河辗转至阿拉伯帝国首都巴格达。广州海外通商区域也比前代扩大，十世纪阿拉伯地理学名著《黄金牧地》称：“中国之船直航瓮蛮（即阿曼）、波斯湾畔之西拉甫港（尸罗夫）、八哈剌因（巴林）、俄波拉、巴斯拉（巴士拉）等港，而以上诸港之船舶，亦直接航至中国也。”

为了适应海外贸易需求，唐代的广州城已经发展出内港码头和外港码头进行分流。内港有坡山码头和兰湖码头（今流花湖一带）。坡山码头即如今惠福西路王仙观所在地，因附近建有光塔，远洋而至的外国商船往往把通体洁白的怀圣寺光塔作为引航航标，停泊于此。外港码头也有两个，分别是在今香港新界的屯门码头和今黄埔庙头村的扶胥码头。从广州驶离的商船，在两个外港码头作最后的停留补充之后，便驶向茫茫大海，追逐财富与希望。

扶胥码头位于东江与珠江汇流入海处，是古代商船进出广州的必经之处，隋唐时期这里已经建有海神庙，供中外商人在这里虔诚朝拜，祈求海神的庇佑。开皇十四年（594），隋文帝下诏在今广州黄埔庙头村修建南海神庙，这意味着广州作为第一对外贸易大港的地位得到了官方的认可。自唐以降，各朝政府设有专人管理庙事，历代皇帝都派官员到南海神庙举行祭典，留下了不少珍贵碑刻，故有“南方碑林”之称，足见南海神庙的重要性。南海神庙至今尚存，已有1400余年历史，每年农历三月会在此举行庆贺南海海神生日的庙会，称为“南海神诞”或“波罗诞”，是古代广州发达的海上贸易交通的一笔生动注脚。

北宋开宝四年（971），主管海外贸易的官方机构市舶司首设广州，又于元丰三年（1080）制定、颁布《元丰广州市舶条》，以法令形式规定了广州市舶司的功能和职责，大致包括审批放行中国外贸商船，征收贸易税，管理外国朝贡船舶、贡使及其活动等。广州市舶司模式后来被复制到杭州、明州（宁波）、密州（山东诸城）、秀

南海神庙

州（嘉兴）等地，足见两宋时期中央政府对于海外贸易的重视，国库亦因此充实不少。北宋仁宗皇祐年间（1049—1053），市舶每年收入为铜线53万贯上下；而到了南宋高宗绍兴十年（1140），仅广州市舶司一年税收已达110万贯，约占南宋商税总收入的5%（南宋政府商税年总收入为2000余万贯）。

元朝拥有中国历代王朝里最辽阔的疆域，因此元政府很重视发展交通和商业，尤其是陆海对外贸易。为了提高运输效率，元代重修了京杭大运河，打破隋唐运河东西走向格局，直接贯通中国南北方，并开辟海运航线，构建了一条水陆联动的物流大通道。

这条国际级贸易大通道的核心枢纽是元大都，向北通过陆上丝绸之路连接起中亚各国、印度、阿拉伯及欧洲西部，向东、向南通过漕运与海运将扬州、宁波、泉州、广州等港口城市连接起来，再通过东海丝绸之路连接高丽、日本和琉球群岛，通过南海丝绸之路连接东南亚诸国、印度半岛、阿拉伯半岛、非洲东海岸及马达加斯加。当这条通道被元朝彻底打通之后，在宏观视野下，处于大通道各节点的城市间物资流转变得更加快速和顺畅，带动了城市商业的发展。以广州为例，当时与140多个国家和地区有贸易往来，占了全国对外交往国家和地区数约64%，广州市舶司因此获得了可观的收入。元人吴莱在《南海山水人物古迹记》中提到："岁时蕃舶金珠、犀象、香药、杂产之富，充溢耳目，抽赋帑藏，盖不下巨万计。”为了进一步发展对外贸易，元代去除了宋代已逐渐萎缩的进口商品的专卖制和官市制度，中外商人因此大受鼓舞，商贸活动极为活跃。

历史的车轮很快步入15世纪。对于整个世界而言，15—16世纪是变革的两百年。15世纪之前，世界上的大部分财富集中在亚洲，权力中心也集中在中国、印度、波斯等老牌文明古国；15世纪开始，被当时的古罗马帝国视为弱小、偏远、荒蛮的不列颠群岛及其他西欧地区，在结束了黑暗的中世纪、迎来文艺复兴之后，现代科学和资本主义开始兴起，成为现代军事、政治、经济、文化发展的摇篮。

15世纪上半叶，西欧诸国怀着对富庶神秘的东方的向往，怀着探索与征服的目的，启动了大航海时代。随着新大陆的发现，世界格局发生了剧烈变化，这一变化投射在全球贸易网上，是新航路的开辟以及殖民主义的登台。沿着海上丝绸之路而来的商船主人已经发生改变，但古老的中国却浑然不觉，甚至由于明初实行的“海禁”政策，主动让出了海上丝绸之路的主导权。

1405—1433年，当欧洲即将走出中世纪之时，中国正在进行一项世界壮举——郑和七下西洋。这不仅是中国古代规模最大、船只海员最多、时间最久的海上航行，也是地理大发现之前世界上规模最大的航海活动。

不同于哥伦布和麦哲伦以殖民扩张为目的的航海行为，郑和下西洋是明王朝彰显国力、宣威海外、招徕贡使的政治外交行为，这样的使团亦不止郑和一个。例如1402—1424年，明政府先后派出62个使团到东南亚各国，接待了95个回访使团，永乐年间曾出现过16国遣使1200人同时朝贡的盛况。

然而，为政治需要服务的远洋航行注定无法持久。郑和七次出海，近三十年间到达30多个国家和地区，足迹远至东非和红海，但在经济方面并没有让中国有所获益，反而花费巨大，因此明成祖之后，在多方反对下很快便停止了海外宣威活动，加上海禁的钳制，中国帆船从此退出印度洋，靠着朝贡贸易的维系只在马六甲以东海域活动；而苏门答腊岛以西的印度洋海上丝绸之路段，已经是欧洲各国的海上角逐场了。

1453年，奥斯曼土耳其帝国打败拜占庭帝国，欧洲中世纪结束。兴起于14世纪末的意大利文艺复兴运动因此席卷整个欧洲，推动了科学技术和地理知识的进步，帮助欧洲全球观点的形成。此时，奥斯曼土耳其帝国控制着传统海陆丝绸之路节点并课以重税，导致从东方来的货物不仅数量减少，而且运到欧洲后价格上涨8—10倍。为了寻找绕过地中海直达印度和中国的新航路，大航海时代开始了，随之便是改变世界格局的地理大发现。

1492年，哥伦布希望找到一条通往东亚的新航路，却意外地发现了美洲新大陆；1498年，达•伽马成功开辟了到达印度西南部卡利卡特的新航路；1519—1521年，麦哲伦受西班牙委托，寻找向西通往香料群岛（印度尼西亚群岛）的贸易路线，完成了人类历史上的首次环球航行。在西方冒险者一次又一次的努力下，1517年，葡萄牙人首次到达广东大门岛（即屯门），并于1557年获得澳门居住权。这一切都暗示着，以中国为中心的海上贸易模式改变了。

三、文化踏浪而来

沿着南海丝绸之路传递的不仅有商品和货物，还有文明与文化。物质往往是文明和文化的载体，换一个角度看，商品贸易其实是另一种形式的文化交流——特别是对外贸易。

那些精心挑选的货品，不经意间展现着一个国家或地区的技术和美学高度；而乘坐商船与货物而来的人，也同样通过自己的言行举止，有意无意地传播着本国的文化。这些跟随东南西南季风而来的人，多数是借着使节之名为利奔波的商人，剩下的一部分是商人的随行仆从，一部分是慕名前来学习中华文化的学子，还有一部分则是肩负着传播宗教福音使命的僧侣。在以千年计算的岁月里，他们仿佛百流归海，不断地丰富着岭南文化的内涵，塑造着广为这座城市的人文景观。

秦汉时的番禺（广州）已出现外国人的身影，广州汉墓出土的20余件胡人俑座灯十分耐人寻味。这些本土制造的座灯上有着栩栩如生的胡人形象，表明汉代的广州已活跃着不少来自东南亚、南亚、非洲及西域各国的胡人，从事奴仆或其他工作。

佛教在晋代自海上传来，第一站或许就是广州。

佛教由海上传入中国的时间要晚于从陆上丝绸之路传来的时间。广州作为佛教从海上传入中国的初地，从东吴时期起，就陆续有西域僧人乘船至此，稍作停留后继续北上。公元281年（西晋太康二年），天竺僧迦摩罗来到广州，建造了广州最早的佛寺——三归寺、仁王寺；一百多年后，罽宾国的高僧昙摩耶舍也泛海至此，将东吴经学家虞翻旧宅改建为王园寺，即如今光孝寺的前身。又过了120多年，禅宗初祖达摩从南天竺来到广州，他在今下九路北西来正街一带登陆，后来这里就被称为“西来初地”；他也建造了一座佛寺——西来庵，就是现在的华林禅寺。

中国的一些高僧，也选择从广州扬帆出海求法。唐代高僧义净仰慕法显、玄奘西游，一行五人于公元671年从广州出海，用25年游历三十余国，求回经书400部，舍利300颗。历代高僧的北上弘法和出海求法，强化了广州在佛教传播中所起的沟通海内外的桥梁作用，也为广州留下了丰富的佛教人文景观。

唐初，伊斯兰教也开始从南海丝绸之路传入广州。唐代广州外国侨民甚众，为外国宗教的传播奠定了良好的社会基础。伊斯兰教是7世纪初阿拉伯半岛麦加人穆罕默德创立的，居住在广州的阿拉伯人不仅是伊斯兰教主体信众，也是南海丝绸之路上最为活跃的商人。因此伊斯兰教在包括中国在内的海上丝绸之路沿岸国家的传播，主要由商人完成，他们一手货物，一手《古兰经》，生意做到哪里，宗教传到哪里，传播方式比陆上传播温和得多，因而较容易被当地人接纳，成为城市文化的一部分。

《羊城古钞》记载："唐开海舶，西域回教默德那国王谟罕蓦德遣其母舅番僧苏哈白赛（即阿布•宛葛素）来中土贸易，建光塔及怀圣寺。"据说，每逢节日，番长就要带领穆斯林到怀圣寺做祷告，"宣讲教义，并为穆斯林的苏丹祷告"。怀圣寺是中国现存最早的清真寺，迄今仍

怀圣寺

是广州文化地标之一的光塔是全世界清真寺中现存年代最古老的“邦克塔”，也是中国伊斯兰教第一塔。苏哈白赛逝世后葬于今解放北路桂花岗，所在的墓地已成为知名的伊斯兰教古迹，即清真先贤古墓。

基督教传入中国的时间与伊斯兰教差不多，大约也在唐初，只是在佛教和伊斯兰教的影响力下显得相对小众，要等到15、16世纪之后，随着航海大发现和欧洲的崛起，才渐渐广为人知。最早传到中国的基督教是聂斯托利派，主要盛行于叙利亚、波斯等地，传入中国后，称为景教。

阿罗本是第一个到中国传教的基督教士。唐贞观年间，阿罗本从叙利亚出发，越印度洋，入太平洋，经著名的“南海道”抵达广州，又于贞观九年（635）来到帝京长安，受到唐太宗高规格的欢迎，开始建寺传教，并一度在高宗时期被封为“镇国大法主”。这以后便陆续有景教教徒自陆路、海路来到中国，其中泛海而来的景教徒多聚居于以广州为中心的岭南地区，岭南成为该教北上传播的根据地，为景教在华的传播作出重要的贡献。

频繁的对外商贸文化交流和开放包容的胸怀使唐代的广州极为繁荣，成为一个手工业发达的地区，矿冶、纺织、陶瓷、制盐、造船等行业在全国占有一定地位，还有部分“广货”远销海外。唐代来广州进行贸易的国家数以百计，鉴真和尚曾描绘当时在广州亲见商船林立的景象：“江中有婆罗门（印度一带）、波斯、昆仑（马来半岛、印尼一带）等大舶不知其数，并载香物，珍宝各载如山。舶六七丈。狮子国（斯里兰卡）、大石国（帕米尔高原一带）、骨唐国、白蛮（欧洲人）、赤蛮（非洲人）等往来居住，种类极多。”

在众多前来贸易的外国商人中，不乏在广州定居下来、落地生根的。早在南北朝时期，就有阿拉伯商人居留广州，到了唐代开元年间，已经繁衍至第五代，令广州的城市人口结构呈现出明显的国际化特点。据统计，唐代广州番人约达12万。唐政府对于外国人管制颇为严厉，不许他们随意在城内活动，更担忧华夷杂处，容易勾结作乱，因此在广州城以西临近珠江之处辟出番坊供番商居住，范围大抵北到中山路，南达惠福路和大德路，西抵人民路，东达解放路，番坊居民以阿拉伯人为主。由于定居下来的番商不少，番商后代的教育也成了朝廷关注的问题。唐宋时期，广州特意开办了“蕃学”，专门招收外商子弟入学，一时间，“诸蕃之遣子弟，仰承乐育者，相望于五服之南”。由此可见，广州开办国际学校的历史，最少可以追溯至千年以前，广州的开放性，由此可见一斑。

回顾广州的历史，会发现这座自大海中渐渐生长出来的城市骨子里与生俱来就携带着商业基因，无论岁月如何变迁、王朝如何更迭，它始终依托海上商路，保持着与世界的沟通和交流，浮动于时代的潮头之上，“千年商都”实至名归。

下编

浮沉十三行

十三行是一张巨网

“洋船争出是官商，十字门开向二洋。五丝八丝广缎好，银钱堆满十三行。”明末清初著名学者、诗人屈大均写在《广东新语》里的竹枝词，描绘的是康熙开海后广州对外贸易的盛况，今人谈论十三行时向来津津乐道，以证明当年的“天子南库”是怎样的“金山珠海”，又是如何的“流金淌银”。

但这只是关于十三行的吉光片羽。

其实，十三行更像是一张网，网住了财富也网住了行商，既曾出现缔造传奇的世界首富伍秉鉴，也有坚决声称“宁为一条狗，不为行商首”的潘氏家族潘正亨。十三行绝非只是一个地方商人组织或一套制度，自清代中后期起，十三行愈来愈多地与这个帝国，乃至世界发生着千丝万缕的关系。

一、康熙“开海”与十三行的诞生

1684年，康熙皇帝谕令：“先因海寇，故海禁不开为是。今海氛廓清，更何所待？”遂正式宣布放开海禁。从明代中叶开始，中国海外贸易的性质已经悄然发生了变化，从政治色彩浓厚的朝贡贸易向以逐利为目的的商业贸易转变。至清代，这种趋势更加明显，市舶司的职能已经无法适应新情况，因此康熙皇帝下令撤销全部市舶司而改立海关，除了承接市舶司接待朝贡使臣和管理朝贡贸易的职责外，还负责对外贸易和相关对外事务，管理华商海外贸易、船政与渔政等。闽、粤、江、浙四大海关的设置，标志着中国历史上第一批封建海关机构正式成立。

伴随着新机构出现的是新规则。粤海关建立后，清政府出台了几项措施，对其时的广东外贸进行了梳理和整顿，内容包括停止1679年开通的广州与澳门之间的陆路贸易，所有货物商品均由海路进入澳门，但澳门不再作为贸易场所。外国商船在澳门经过检查后，“移泊黄埔”，船上货物须另雇官印船运到广州十三行交易。征税机构由市舶司改为粤海关，同时对税制也进行了改革，规定朝贡的贡舶免税，其余商船则依明律按船只大小实行“丈抽制”，但考虑到“往日多载奇珍，今系杂货”，商人获利空间变小，故可减免二成税额。此外，粤海关还提出要加强对从事对外贸易华商的管理。

十三行全景画作

1686年，充分领会了康熙皇帝开海意图的广东巡抚李士桢于当年4月发布了《分别住行货税》文告，针对未来对外贸易新形势制定了三条极为重要的规定：其一，将国内商业税收和海关税收分开，国内贸易称为常关贸易，对外贸易称为海关贸易；其二，将国内贸易商人与对外贸易商人区分开，前者归“金丝行”，后者归“洋货行”；其三，鼓励“身家殷实”之人承充洋货行商。此三条最终促成了十三行的诞生，同时标志着广州行商垄断制度的开始。

所谓的“十三”，并不具有数字上的规约，只是一群行商的统称。这些行商的数目，最多的时候是乾隆二十三年（1758），有26家，最少是乾隆二十二年的4家，而嘉庆十八年（1813）和道光十七年（1837）则刚好有13家，与“十三行”这个称谓十分匹配。尽管元代已出现牙行，且明代牙人和牙行的职责已经类似清代的十三行，但两者却有着云泥之别。能拿到行帖成为十三行行商的人，“身家殷实”只是一种谦虚的说法，为了确保申请人有足够的资财从事外贸行业，最直接的查验办法便是索要好处。据说这笔所谓的“审批费”或曰“孝敬”最开始就高达5万至7万两白银，但依然挡不住全国各地想来广州发财淘金的富商。他们争先恐后地给手握审批洋货行许可证大权的广东官员送钱，致使“审批费”一路水涨船高，最后竟飙升到20万两白银。

二、各路行商的明争暗斗

早期的行商主要由两类人构成，一是广州府及珠江三角洲一带原本经营海贸牙行的商人，一是活跃于广东沿海地区的徽州、泉州商人集团。当时能够审批许可证的官员包括两广总督、广州将军和广东巡抚，经他们发放许可证的商人自然而然归其名下，向其供奉，这就是所谓的总督商人、将军商人和抚院商人，统称“官商”。此外还有清初平南王势力委任的王商。王商虽然因失去了尚之信这个大靠山而风光不再，但他们在清初广东藩镇军事割据统治时期，依托藩王的庇护公然犯禁从事海上走私贸易活动，早早便积累下巨额身家，献上一笔“孝敬”，便摇身一变成为行商。

由于构成较为复杂，十三行成立之初，行商内部为争夺广州外贸的主导权，常常展开恶性竞争，大打价格战，通过“贵买贱卖”的方式换取更多交易量，从而提高信誉度和知名度，以便未来承接更多生意。这样的竞争导致广州外贸市场混乱无序，行商们有时虽感得不偿失，但又身不由己。

十三行是清政府指定专营对外贸易的机构，具有高度垄断性，所以尽管行商内斗不断，依旧挡不住财源滚滚而来。十三行上缴内务府税银的日渐增多，引起了皇室的注意，于是又产生一类行商——“皇商”，出自当时的皇太子胤礽。康熙皇帝在位时间太长，皇太子胤礽迟迟无法登基，屡发牢骚称：“古今天下，岂有四十年太子乎？”他在朝中结党营私，为自己网罗势力，花钱如流水，于是便盯上了十三行这条财路。胤礽通过内务府给粤海关下指令，让粤海关给自己的亲信发放洋货行许可证，试图在对外贸易上分一杯羹，皇商便这样出现了。

皇商通常来自京师，既无货物，又无商业信用，有的甚至毫无外贸经商经验，但却凌驾于包括王商、总督商人等“官商”在内的所有行商之上，所倚仗的不过是皇太子之势罢了。1702年，粤海关通过强制的行政命令手段，将皇商推至官方指定唯一经纪人的位置，垄断和把持着十三行的对外贸易。

十三行本就具有独揽对外贸易的特权，而皇商拥有的则是特权中的特权，所有外商都必须将他们带来的货物卖给皇商，也必须从皇商处购买茶和生丝。皇商说一不二，随意开价，以次充好，还会拖延货款，让外商极为反感。

另一边，皇商不与他人分润的跋扈行径也严重损害了十三行其他行商和行外散商的利益，一位名叫“廉官”（Leanqua的音译）的行商曾向英国大班抱怨，说驻广州的皇商原本是盐官，有私吞盐税的前科，被逐之后走了皇太子的门路，用42 000两白银换得对西洋贸易的垄断特权。此人手上没有现货，也没有和供货商的订货合同，纯粹就是仗势空手套白狼。

派遣皇商的不仅有皇太子胤礽，也有其他皇子，比如四皇子胤禛（雍正皇帝）。这些皇商的手伸得极长，除了由内务府直管的粤海关，其他三个隶属当地政府管辖的海关也有他们的身影。1702年，胤礽和胤禛的皇商曾到宁波活动过；1704年，有皇商在厦门操纵市场价格。他们横行无忌，同时触犯了地方官、外商、官商和散商的权益，很快便引起多方联合抵制。

1704年，迫于压力的皇子和皇商不得不作出让步，不再将所有对外贸易拢在自己手中，但作为交换条件，每艘来华商船必须向他们缴纳5000两白银，这笔费用由外商支付。这次斗争，以皇商失败告终，地方官、官商和散商均得到不同程度的好处，唯独外商又要平白支付一笔费用。此后，没了皇商的只手遮天，行商之间再度陷入竞争内斗，外商游走在行商之间，可择其最有利者与之贸易。

1708年，康熙皇帝下诏废黜太子胤礽，皇商最大的靠山就此倒台，这对皇商无疑是个沉重打击。他们原本对外贸易经验几乎为零，之前有垄断特权加持尚能勉强支撑，随着特权的消失，很快便被精明的十三行商人压制得几乎无法翻身。1715年，英国东印度公司与粤海关达成外贸新约，其中有“（外国商人）有与口岸任何人做不受限制的贸易的自由”一条，不再向皇商支付每艘船5000两白银的费用，相当于给了皇商致命一击，皇商被彻底逐出外贸市场，从此成为一段历史。

三、创建公行是为了更彻底地垄断外贸

皇商被斥退后，十三行势头最大的行商是凌官和安官，两家几乎总揽了广州外贸。1720年凌官突然去世，十三行的外贸格局也随之发生变化。为了避免一家独大的贸易垄断情况再次发生，16家行商自发联合起来，于当年12月杀鸡歃血盟誓，以隆重的仪式宣布成立“公行”。

公行成立之初即制定了十三条行规，从商品定价权、贸易流程、贸易份额分配以及入会行商责权利划分等方面进行了厘定和规范，主要内容包括：

一、货物价格由行商和外商一同商议定价；行外散商与外商贸易须经公行介入定价，禁止任何人私自定价及贸易。

二、凡出口货物必须保证质量，以假冒真或以次充好

欺瞒外商、毁坏行商信誉者受罚；装船货物必须依照相关程序进行填报，故意规避或手续不清者受罚。

三、部分手工业品如扇、漆器、刺绣、图画等可由散商自行贩卖，但“瓷器有待特别鉴定者”（古瓷）则不在此列，任何人不得自行贩卖，一旦交易成立，无论卖家是赔是赚，都必须将卖价的30%交纳给公行。

四、禁止任何行商独揽一船货物，哪怕外商指定与某家行商交易，行商也只能得此船货物的一半，另一半须由公行同仁分摊。

五、行商中对公行负责最重及承担经费最多者列为头等行，设5家，可在外洋贸易中占一全股；二等行5家，占半股；三等行6家，占四分之一股；新入公行者应纳银一千两，作为公共开支经费，并列入三等行内。

如果说李士桢的《分别住行货税》是对清政府广州贸易政策的细化和解读，那么公行的十三条行规就是基于《分别住行货税》在行业内部进行规范化和制度化，目的在于统一贸易规程，减少内部竞争，提升贸易公平度和透明度，限制行外散商以及大宗商品贸易垄断。

《广东十三行考》作者梁嘉彬曾对公行制度给予高度评价：“商人彼此之间不致再互相排挤而使外人独享其利，亦不使行商肆行欺诈而使外人独受其害，公平迈进之精神，诚可钦佩！”然而这些行规于公行内部而言公平公正，获利共享，风险共担，但却把不公平转移到行外散商头上，以收取高额税费的方式将散商排斥在外。

从粤海关角度看，公行对行商和贸易流程的规范化操作客观上减轻了他们的管理工作，至于说行商会不会因此组织起来和政府官员谈条件？当然不可能。政府官员手握政治、军事和律法条规大权，占尽优势，所谓“民不与官斗”，更何况还是排在末等的商！因此，十三行行商成立公行，虽属行商自发成立的民间组织，未经政府当局批准，但仍旧得到了支持。

四、英国人大起胆子抗争一下

紧跟着公行行规的出炉，粤海关立即宣布公行之外的散商都不得涉足对外贸易，并规定散商从事瓷器贸易须缴纳货价的20%给公行，茶叶则更高，达40%。规定一出，散商和外商一片哗然。散商感到自己受到的盘剥更重了，而外商则觉得这不符合自由贸易原则，况且行商内部鹬蚌相争他们才好渔翁得利，现在鹬蚌讲和，还要共同制定货物价格，形势对他们很不利。

1721年，英国商船“麦士里菲尔德”号（与1699年造访广州的商船同名）满载货物来到广州，得知以后只能同公行商人做生意；还有一个坏消息是即便经过公行的允许可以与散商做生意，但因为公行要在瓷器和茶叶上分别收取20%和40%的货价，也就意味着瓷器和茶叶的价格都会升高。英国大班当机立断，马上通知粤海关，如果不停止公行制度，这生意就不做了。

搁平时英国大班断不敢如此硬气，但这一回他有底牌。“麦士里菲尔德”号此次来华，带了一些欧洲的奇珍奢侈品。他得到一个可靠消息，称康熙皇帝的钦差大臣正在广州，粤海关监督为了讨好钦差和皇帝，早就说好等“麦士里菲尔德”号到达后，邀请钦差上船挑选贡品，钦差对此极感兴趣，天天催问何时上船。正是因为这个消息，英国大班才敢拿捏粤海关。粤海关监督没有办法，只能让公行让一步，吸纳了两名散商参与瓷器和茶叶贸易，总算让“麦士里菲尔德”号在广州顺利完成贸易，自己也

不列颠东印度公司大楼

对钦差有所交代。

对于公行的性质，英国东印度公司看得很清楚：“中国人正在成立的这种组织企图自行规定他们出售给欧洲人的商品价格，以便无论是否卖主，都可以从这些货物交易中分得一部分利润。”出于利益考虑，他们并不希望公行存在。在以英国东印度公司为首的外商极力反对下，加之公行没有实际领头人，组织松散，导致行商内部分化，公行成立不到一年便宣告解散。

1757年，乾隆皇帝下旨“一口通商”，规定西洋商船只准在广州贸易通商，使本来就繁荣的广州外贸业务量加倍增长，十三行行商内部竞争也越来越激烈，加上行商又陆续被粤海关转嫁了不少责任事项，诸如承保税饷、备办贡品等，需要应付的内外事务愈加繁杂。同文行老板潘振承深感有必要重提成立公行，以统一的组织杜绝恶性竞争以及完成政府当局指派的任务，于是便在1760年联合9家行商向清政府申请重建公行。申请顺利获批，首倡者潘振承被选为“总商”，成为十三行实际领袖人物。

英国东印度公司得知公行重建的消息后，打算“不惜任何牺牲进行反抗”，但此次公行系在两广总督和粤海关监督的支持下、经清政府正式批准重建的，具有强大的官方背书，英国东印度公司的抗议只得到了两广总督李侍尧“实与欧洲人无关”的答复。他们又去联系相熟的行商，对方也说这是以朝廷的名义建立的机构，完全没有推翻的可能。英国东印度公司不得不接受现实。

广东地方官员之所以强力支持公行重建，是因为继“一口通商”之后又提出“防夷五事”，对外商的防范可谓空前，既不许他们与普通中国百姓接触，甚至也不许他们接触中国官吏，然而外商来华贸易的各种手续总得办理，关税也总得有人收，出现问题也总得交涉协调……官员不愿同外商打交道，本着“以官制商，以商制夷”的原则，这些事情便统统落在行商头上，显然，一个有组织、有规矩的公行，一定比混乱不堪、各行其是的行商更好控制，所以潘振承等行商提出重建公行的申请，对广东地方官员而言无异于瞌睡送个枕头。

五、被债务、捐款和“孝敬”掏空的行商

第二次成立的公行存续了11年，因发挥不了应有作用，在经过一段时间的名存实亡之后，于1771年被裁撤。裁撤原因比较复杂，一方面是中小行商向外商大量借贷导致破产，而欧洲七年战争的余波则加大了破产的数量，加快了破产的速度；一方面是公行组织虽通过“保商制度”将对外贸易垄断权牢牢控制在手中，但“以官制商”的程度也进一步加深，而且在生意和利益驱动下，公行成员经常无视反垄断行规，就连潘振承也屡次包揽英国和瑞典的整船货物，挤压了其他行商的生存空间。还有一个原因是

英国东印度公司一直坚持不懈地致力于瓦解公行。

当时十三行行商中普遍存在“商欠”现象。商欠大致分两种，一种是欠款，一种是借贷。十三行制度规定，外商运到中国的货物由行商代售，因多数洋货在中国没有市场，行商很难在当年贸易季结束前把货物卖完，也就无法及时和外商结算，只能等到下一次外国商船来时再结，这些不能当年清付的款项便形成了欠款。

而产生借贷的两大主因则是对外贸易规模的扩大以及清朝官吏愈演愈烈的勒索逼捐，使行商资本普遍出现匮乏。在借贷的行商中，部分中小行商是因为竞争不过实力雄厚的大行商，长期处于亏损状态，不得不向外商借高利贷以避免资金链断裂；部分行商则是急于扩大销售规模，在现金流不足的情况下借贷以资周转；另外有一部分实力强信誉佳的行商，在与外商经过长期合作且双方熟悉之后，偶尔亦会相互拖欠货款，以彰显彼此间牢不可破的关系，或者用这种方式显示自己还款能力强，以进一步提升信誉度。

处于第一种情况的行商，借贷无异于饮鸩止渴，最后不可避免地走向破产倒闭的结局。至于第二和第三种行商，在市场和时局保持稳定的情况下，哪怕有政府的盘剥，偿还债务也没太大问题，只是时间早晚而已。

然而从1747年起，清政府在长达半个世纪的时间里，先后发动了十次战争（平定大小金川之战、平定准噶尔达瓦齐部之战、平定准噶尔阿穆尔撒纳之战、平定南疆大小和卓叛乱、清缅战争、再平大小金川、平定台湾林爽文叛乱、安南之役、两次平定廓尔喀），行商们除了要承担“代办”贡品、代缴船钞及规礼外，还要负担巨额的军费开支以及别的摊派和捐款，实力稍弱的行商很快被掏空了家底。

除了受国内局势的影响，从事对外贸易的行商也常常受到国际形势的波及。1756年欧洲爆发七年战争，不仅将几乎所有欧洲国家都卷入其中，连远在中国的十三行行商都被战争的余波所牵连，不少实力不济的中小行商陆续破产倒闭，甚至连一些大行商也无法幸免。

被洪任辉告御状欠钱不还的资元行老板黎光华就是多方夹逼之下的一个牺牲品。黎光华乃康乾时期的大行商，和多国商人都有业务往来，因此手中未清的款项比较多。由于清政府连年战争，他被迫捐了大量军费，导致资金出现问题，只得一再拖欠外商货款。原本他指望把货物贩运至欧洲市场赚钱，没想到英法两国在北美、印度和海洋上四处开战，互相击沉或洗劫了对方不少商船，其中就有多艘装载着资元行货物的船只。这对背了一身债务的黎光华来说简直是雪上加霜，很快他便在内外交困中病逝了。其子黎兆魁将资元行解散，一应货物商铺全部变卖，携款返回了福建老家。

在黎光华的贸易伙伴中，有一个名叫比任云的法国商人，他曾经将一批胡椒委托黎光华代销。本来他是不着急要这笔货款的，没想到印法联军在印度普拉西之战中被英国打败，导致比任云资金链断裂，他只好来广州找黎光华索要货款，却得知黎光华病逝，资元行破产，黎家人已经离开广州。

无奈之下，比任云只好找两广总督李侍尧告状，虽然打赢了官司，但一直拿不回货款。这件事在外商中传开后，英国东印度公司认为可以拿来做做文章——多么凑巧，他们也是黎光华的债主，而且还是头号债主，于是就有了洪任辉（本名詹姆士•弗林特，英国东印度公司第一位中文翻译）进京告御状的事情。洪任辉诉求中希望改变行商制度一项，直指的就是公行——尽管重建的公行有清政府强力支持，但英国人始终致力于解散公行。

其实对行商来说，重建公行是失败之举，甚至有种搬起石头砸自己脚的感觉。提倡重建公行的潘振承后来甚至与英国人站在了同一阵线。1771年，英国东印度公司将10万两白银交给潘振承，后者用这笔钱贿赂两广总督李侍尧和粤海关监督德魁，在解散公行这件事上出了一份大力。

粤海关因其特殊性，自康熙初设之日起就存在贪腐现象，尽管雍正皇帝曾花费力气整治过，但粤海关上供的最大老板就是皇帝自己，所以总是屡禁不绝，反而愈演愈烈。在官方看来，批准行商重建公行就是赋予行商特权，那么相应地，行商也应该承担更多责任和义务，于是对行商的勒逼愈发严重。

粤海关各种名目的杂税原本由前来贸易的外商承担，但自从行商被责成代收代缴后，如果外商不肯交，这笔税费就得行商自掏腰包。例如雍正时期实行“加一征收”，外商认为不合理，不肯再来广州交易，地方官便将这笔费用转嫁到行商头上。除此之外，逢年过节，或是粤海关各级官员及家属的生日、升迁、红白喜事、添丁添口等，行商都必须送礼表示，这些都成为压在行商身上的巨石。

摊派和捐款则是另一块巨石。被誉为“康乾盛世”的乾隆时代，其实也不算很太平。一场接一场断续了半个世纪的战争，固然维护了国家的统一并拓宽了领土，使清朝版图达到最大，成就了乾隆皇帝的“十全武功”，但庞大的军费开支却是一笔沉重的负担，这个担子光靠国库是挑不动的，除了以战养战，十三行的行商也承担了不少，在平定准噶尔部的战争中，行商捐赠的军饷达数百万两白银。

除了战争，还有灾荒。自乾隆元年（1736）开始到他退位，几乎年年有灾，据《清史稿》记录，各种大小灾荒包括饥荒、寒灾、旱灾、冰雹、蝗虫、瘟疫、暴雨、洪涝、鼠灾、火灾、风灾、地震等四百余起，每次遇到重大灾害，行商还要捐款赈灾。在1773—1842年共70年间，十三行行商各项军费和捐款合共计937万两白银，而粤海关的关税收入直到1826年才达到185万两白银。对外贸易的垄断特权虽然让行商钱来如流水，但重重盘剥也让他们钱去如流水。

六、罗网般的广州外贸制度

重压之下苦苦支撑的不只中小行商，大行商的日子也同样不好过。

1728年，浙江总督李卫向雍正上折提请在宁波设立总商，目的是“凡内地往贩之船，责令伊等保结，方许给以关牌县照、置货验放，各船人货即着商总不时稽查，如有夹带违禁货物，及到彼通同作奸者，令商总首报，于出入口岸处所密拿”，简单地说，负责担保、稽查和检举犯禁者，维护商业秩序。担任总商（即商总）的人必须是外贸商人中“身家最殷实者”——资财就是最好的抵押品，为了保住财产，行商们万万不敢乱来，也更加容易被官府把控。

同年，两广总督孔毓珣亦在广州发布告示，要在行商中选出殷实可信之人为总行商，如此，则小商贩即不能再事欺骗外人，而破坏他们的商业活动。总商制度（亦称商总制度）开始在宁波和广州的外贸行业中实行。

总商制度由保甲制演变而来，最初是为了防范民间商人私自贩卖违禁货物至海外。雍正时期的总商制度规定，每位总商必须与十家外贸商人连环结保，报至省府存档。凡商人出洋贸易，必须要有同保至少三人签名作保，写明船只字号，所带货物数目，船员年貌、籍贯、姓名等一并造册，由总商加具保状后交付地方官详明，上呈督抚批准，再行知各海关，经过一系列复杂程序后才准出洋。

出洋前，总商必须亲自上船验看是否有夹带违禁品等，若有，则“总商报官，严拿究治”。总商制度鼓励同保之人检举揭发，倘若知情不报或漏报，则一体连坐，全都要受到严厉惩处。而十三行总商需要负责的不仅是行商，还包括外商，对外商违反中国法律的人与事，须及时向官府通报。如果外商违禁犯规，总商要负连带责任。

保甲制度以联保连坐的方式让百姓彼此监督、互相揭发，以达到稳定社会的目的，在清政府官员眼中，是一个有效且省事的管理办法，因而在继以总商制度监管国内商人后，又如法炮制约束外国商人。

康熙皇帝初开海禁之时，十三行行商的职责比较简单，负责评定进出口货物的价格及承揽进出口货物的关税，即“承保税饷”。“承保税饷”经常需要行商先拿出真金白银为外商垫资，由于当时的对外贸易都是现银支付，而利润又不能即时到账，很多行商都处于银钱不凑手的状态，以至于资本微薄的行商无法承受垫资行为，“纳课不前”。

于是1745年，清政府从二十多家行商中选出五家实力最强的行商担任保商，由其统收统缴进出口关税，总办洋行事务。即“凡外洋夷船到粤海关，进口货物应纳税银，督令受货洋行商人于夷船回帆时输纳。至外洋夷船出口货物应纳税银，洋行保商为夷商代置货物时，随货扣清，先行完纳”。

随着贸易规模的扩大，来到中国的外国人越来越多，清政府担心他们会在中国闹事，破坏社会稳定，于是通过强化保商职责的方式增强对外商的管制。

1754年，十三行所有仍在经营的行商都成为保商，清政府先将洋船税、贡银、清廷搜罗之珍品（采办官用品物）、各种手续费等，统一交行商负责，重申严禁非行商团体参与对外贸易。同年七月，两广总督杨应琚向广州各国商馆大班正式宣布十三行“保商制度”：由十三行总揽一切对外贸易，向清廷承担洋船进出口课税的责任，外商一切日用品由保商统一购买。外商违法或拖欠税款，保商要负连带责任。

连带责任一项可谓深得保甲制度精髓。保商既是外商在华业务代理人，同时也是其保人和监护人，由此与外商形成责任共同体，互相依存又互相牵制。保商制度的本质是清政府“以官制商，以商制夷”的外交管理政策思想的具体体现，它强加于行商的职责，超越了普通的商务属性，带有强烈的外交和政治意味，这是十三行制度的最大特征，十三行也因此具有了半官半商的性质。

公行制度其实是保商制度的强化版。所谓“保商”，一是为外国商人作保，一是行商互保。建立公行主要是为了获取更多贸易垄断特权和减少行业内部恶性竞争，但在清政府的官方治理下，保商制度的利与弊都通过公行得到放大，例如垄断特权和责任义务的同时加强。在行商普遍负债经营、随时处于破产边缘的情况下，这对大行商十分不利，因为他们不得不分担来自公行成员的债务，从而影响到自身的现金流和经营状况。于是出现了一个现象，呼吁建立公行的是大行商，瓦解公行的也是大行商，公行数次设立解散，几乎都是如此。

七、“行用”变形记——从备用金到敛财工具

1775年，公行第三次重建。英国东印度公司虽然一如既往地反对，但这一次欧洲各国商人和英国港脚商人（获得了英国东印度公司颁发的特许经营执照的英国私商和印度巴斯商人）各怀心思，没有响应英国东印度公司的振臂高呼，所以反对毫无影响。

这次公行重建似乎并未得到官方批准，但毫不妨碍它获得更大的垄断权，专揽茶叶、生丝等高利润的大宗贸易，当然也同时承担了更重的连带责任和政府官员的勒索压榨。为了应付因连带责任和勒逼导致的资金损失，公行弄出了名为“行用”的公共基金。

行用又名“公所基金”，行商利用垄断特权制定贸易规则，从经营的部分进出口贸易中抽取佣金，作为公行运

作经费的补充。行用由两部分组成，一部分来自公行成员每年缴纳的年利润的10%，另一部分则是对部分货物交易向外商强行抽取的3%货价。

行用很快就派上了用场。1759年洪任辉事件中的黎光华债务纠纷，是清政府审理的第一起商欠案，乾隆皇帝认为涉外债务有辱国体，严禁行商向外商借贷，违者按交接外国、诓骗财物问罪，不但没收全部借款，还要被发配充军。但纵使律法严厉，借贷的利息也不低——通常是月息1.5%，1803年的年息甚至高达40%，借贷现象依旧无法杜绝。

还有一类行商属于被动借贷，据1784年粤海关监督舒玺向乾隆皇帝奏报，商欠的原因是有外国商人“回国时，将售卖未尽物件作价留与洋商（即行商）代售。售出银两，言明年月几分起息……往往有言定一年，托故不来，迟至二三年后始来者。其本银既按年起利，利银又复作本起利，以致本利辗转积算，愈积愈多”。总之，不管形成借贷的原因是什么，事实是负债经营的行商越来越多。

1776年，英国东印度公司向清政府起诉丰进行老板倪宏文拖欠货款11 726两白银，清政府判处倪宏文充军伊犁，责成亲属代偿欠款。由于倪宏文亲属拿不出足额赔款，而乾隆皇帝又坚持天朝颜面不能丢，欠外商的钱一定要还，于是下令不足部分由广东地方官员先行分摊垫付，日后再以倪宏文名下资产抵还。倪宏文既是负资产，其名下怎么可能还追得出钱呢？所以这个“日后”不啻空头支票，广东官员都明白，交出去的钱等于打水漂了。

1780年，广州爆发大规模商欠危机，八家行商均与英国商人有债务关系，情况最糟的四家里，颜时瑛和陈天球连本带利共欠款一百多万两，乾隆皇帝下令照原本加一倍赔偿，官府将两家房屋财产全部查封变卖仍旧不够赔付。

负责此案的两广总督巴延三和粤海关监督图明阿深恐又要垫付赔款，便灵活运用保商制度，将债务甩锅到其他行商头上，向朝廷奏请：“不敷银两，着落联名具保商人潘文岩等分作十年清还。”被迫分摊债务的6家行商无奈之下只得动用行用，并呈递禀折进行说明：“各行与夷人交易，所得行用，原系行中火足家口养赡之需……情愿将各行每年所得行用，尽数归入公所，存贮公柜，先尽代赔夷欠及公费，所有剩余，再行按股均分，交回各行，以为行中火足之用。”

意思是他们自己也没余财，用来赔付的钱都是历年同外商交易时抠下来的一点点人工贴补——大概是生怕官员们觉得自己掏钱轻松，勒索更甚。清政府一看这个办法好，同年便正式规定向外国进口货物征收3%的行用充作公所基金，用于保证行商能偿还外商的欠款。

同时，清政府也觉得行商个人为了与外商达成交易，不惜贵买贱卖以致亏本，“遂生借银换票之弊”，十分有必要重建公行进行约束，于是在1782年批准再次重建公行。这个经过官方认证的公行从此一直延续，直到1842年第一次鸦片战争中英《南京条约》签订才被废除。

对于十三行行商来说，18世纪最后20年到19世纪最初十年的处境极为艰难。自1789年起，欧洲又开始不消停。法国大革命让欧洲各王室感到威胁，奥地利、普鲁士、萨丁尼亚、英国、那不勒斯王国、奥斯曼帝国、西班牙、葡萄牙和俄罗斯等国分别于1792年和1799年两次结成反法同盟，试图毁灭法兰西共和国。然而拿破仑强势崛起，在发动雾月政变后击败了第二次反法同盟。

1803年5月13日，英国向法国宣战，拉开了1803—1815年拿破仑战争的序幕。拿破仑战争包括14个大型战争，交战双方共投入180万兵力，除了在欧洲本土作战，战场还扩大到北非、北美、大西洋和印度洋，对全球贸易造成了很大影响，十三行的一众行商再次受到波及，生意日益衰落。

更糟糕的事情是，越南（安南）国王阮惠在经过与清朝的清越战争（1788—1789）之后，又陷入与阮福映的内战中，日益枯竭的国库让他打起了效仿中国海盗抢劫中国沿海地区的主意。从1792年起，阮惠及其子阮光缵数次袭击福建，封锁闽江口，又于1796年派12名总兵率领76艘战船封锁了珠江口，大肆洗劫往来商船，致使十三行商业完全停顿，行商接二连三破产倒闭。

在这种境况下，本该是行用派上用场的时候，然而行用最终没有发挥应有作用。同过去所有的陋规杂税一样，行用被官方正式认可后，很快便成为官员敛财的又一工具。从1786年起，朝廷要求公行每年必须上缴5.5万两的核定捐银，这笔费用从行用中出。此外还有给官员送礼、给皇帝上供、治理黄河、救灾赈济、军费捐献等，都被列入行用开支。1809年，行用支出了一笔12万两白银的款项，用于赞助“皇上万寿庆典”，类似的开支不胜枚举。

《剑桥中国晚清史》中提及，1807—1813年，公行从行用中一共支出了498.8万两银子，行用征收的范围越来越大，税率也越来越高，至1801年，除了英国的毛织品、印花布和铁之外，其他进出口货物全部要征收行用，税率也从3%增至4%、5%、6%甚至更多。

1810年，英国东印度公司驻广州商馆主席剌佛向广东巡抚韩崶诉称进口棉花过去每石售价8两银子，征收行用3%，合银2钱4分，如今棉花价格翻了3倍，行用税率也翻了3倍，计算下来每石棉花光支付行用就超过2两银子，相当于翻了10倍。

剌佛还算是对行用征收心里有数的人，至少他算得出自己交了多少钱。很多缴纳行用的人——无论是外商还是行商，都不清楚税率是多少、自己又交了多少。事实上，公行对行用的征收和使用极其不规范、不透明，管理权完全掌握在行商领袖手中，账目支出保密，除了两三个地位高的行商，谁也没见过行用账本。

八、总商之死与变本加厉的行商联保制度

破产的行商越来越多，而行用几乎没用，与此同时各项税费却是越征越高，名目越来越多，于是乎，每个破产的行商几乎无一例外都遗留下或多或少的债务。凡是公行成员负债破产，别人尚且有逃避分摊债务的余地，唯独总商是跑不掉的。

1788年，万和行的老板蔡世文被粤海关任命为总商。他很倒霉，在任期间正遇到行商接连破产，8年当中倒闭了5家行商，其中丰泰行老板吴昭平欠下巴斯商人25万两的棉花款，而益行的老板石中和更欠下200万两白银的巨额债务，蔡世文不得不承担连带责任不断往外掏钱。此时，万和行的经营状况也大不如前，蔡世文渐感难以支撑，于1796年吞鸦片自杀，家属逃亡海外，一时震惊全球商界。

为了解决债务纠纷，并且要防止出任总商和行商的人像蔡世文那样以死撂挑子，清政府将原本已有的总商制度和保商制度加以改造，推出新的总商制度和行商联保制度。1813年，粤海关监督德庆在《查办关务情形》奏折中说，如今行商承保税饷，动辄就是数万两到十几万两，责任相当重大，不是忠厚老实且资财丰厚的人难以承担，建议慎重选择，言下之意就是海关收入很重要，得挑选赔得

起钱且心理素质过硬经得起打击的人充任行商。

关系到自家钱袋子的事，嘉庆皇帝批复得很迅速，当年就正式批准设置“总商”：“着照该监督所请，准于各行商中择身家殷实、居心诚笃者，选派一二人，令其总办洋行事务，率领众商，公平整顿。其所选总商，先行报部存案。”由清政府任命的总商，所承担的责任自然更多，包括征收行用、协调货价、贯彻政府相关政策法令、办理中外交涉等，并对整个行商团体负责。

除了设置总商制度，清政府还将承商制度升级为行商联保制度，提高了行商的准入门槛。承商制度也叫“承揽夷货”制度，自李士桢主粤时期便开始实施。最初行商承商，只需具备一定资产，自己向地方官府申报便可领帖营业；到了乾隆年间，在要求资产殷实的基础上，还必须有现任行商1—2人作保；嘉庆十八年（1813）之后，行商准入审批权收归户部，由公行内所有行商，包括总商在内“慎选殷实公正之人”共同联名结保，呈至户部（粤海关）察验。新任行商必须由总商负责，且须全体行商共同作保。

作为对承商制度的补充，关于退商亦有规定。清政府规定“殷商不准求退，即实有老病残废等事，亦应责令亲信子侄接办，总不准坐拥厚资，置身事外”。而行商在把行业移交子侄时，也要向官府交付巨款。退商难正是蔡世文家属逃亡海外的原因，也是潘振承之孙说“宁为一条狗，不为行商首”的理由。

承商制度、保商制度、公行制度、总商制度……清政府通过越来越细致的条规，在将更多的垄断特权让渡给行商的同时，也用重重罗网将他们网罗其中，在加紧盘剥行商的同时，不忘利用他们去处理与外夷有关的一干事务，充作清廷与外国之间的缓冲器。

不过即便行商的遭遇看上去很凄惨，但清政府、行商与外商之间的关系，并不是用“以官制商，以商制夷”就能概括清楚的。三者之间，没有谁占据绝对优势，也没有谁处于绝对劣势，如果非要形容，他们更类似于“老虎、棒子、鸡”的关系。面对看似严密的规则，行商和外商总能找出其中漏洞相互过招，或共同应付政府当局；而作为规则制定者的清政府，最后也无法置身事外，终究被拉下了场——第一次鸦片战争之后，以“五口通商”为先导，中国被迫打开关闭已久的大门，从此陷入长达百年的半殖民地半封建社会深渊。

外商·行商·官员

提起十三行的代表人物，最广为人知的莫过于伍秉鉴，他因2001年被美国《亚洲华尔街日报》列为千年来世界上最富有的50人之一以及被称为“世界首富”而“出口转内销”，才让更多国人知道。人们热衷于谈论他到1834年已累积了接近于清政府同年财政收入一半的财富——1872万两白银，津津乐道于十三行的“香珠银钱堆满市”，“洋货如山纷杂处”。有一个流传很广的说法是，1822年十三行商馆区曾发生过一起火灾，大火烧了七天七夜，融化的白银沿街流

伍秉鉴

淌，长达一二里。据估算，价值4000万两白银的财物就此付之一炬。

其实十三行真正的传奇并不是这些浮于表面的“金山珠海”，而是那一群商人。在十三行的170年历史中，不乏伍秉鉴这样缔造了财富神话的佼佼者，但更多的是破产倒闭、黯然离场的中小行商，还有那些为十三行制度服务的通事、买办、引水员诸色人等，历史甚至都没有记住他们的名字。然而不管辉煌还是落魄，他们都是十三行历史的书写者，没有这群商人，便不会有十三行。

道光时期，广州坊间流传谣谚称“潘卢伍叶，谭左徐杨，虎豹龙凤，江淮河汉”，将行商的江湖地位进行了排序。不过，这是乾隆后期的排位了。康雍时期，位列十三行顶端的是陈寿官（秀官）、谭康官、廷官及启官——这个启官并非后来的潘振承（潘启官），而是黎光华的父亲（又名黎安官），当时十三行的首富——正是此四人推动了公行的首次创建。

外人印象中，十三行行商上被官府摆布压榨，下有外商屡屡惹事，应该非常抱团，一致对外。但事实并非如此。行商虽说“半官半商”，但就本质而言还是商人，这决定了他们的第一目标永远是经济利益而非政治利益，合纵还是连横，看的是利益在哪里。行商与官府是如此，与外商是如此，与同行，也是如此。

一、“规礼”和“加一征收”：洋商无法承受之重

1727年，趁着广东巡抚兼粤海关监督杨文乾因料理父亲下葬之事告假回乡，福建巡抚常赉在广州一众官员、行商和洋商的劝说下，拿着他们罗织的罪名弹劾杨文乾，说他借整顿粤海关税务之机，巧立名目大肆敛财，贪墨了30余万两白银。

雍正皇帝心知肚明，杨文乾被弹劾是因为改革“规礼”和“加一征收”两事动了几方人士的利益，别人要合力扳倒他，但他对充盈国库的贡献却是实实在在的，于是面对这严重得足以杀头的罪状，雍正皇帝也只是下旨斥责，做样子做得漫不经心，让这群告状的人大为失望，他们明白，想要朝廷取消“规礼”和“加一征收”大约是不可能的事了。

“规礼”这笔费用来自康熙时期名目繁多的各种陋规杂税，雍正皇帝命杨文乾整顿混乱的粤海关税务，杨将各种正税以外的杂税裁减合并形成“规礼”，额定为白银1950两，其实比之前的3250两和2962两要少很多。减税原本是好事，但广东大小官吏和外商都怨气很大，原因在于杨文乾打包归公的“规礼”中，有很大部分是外商孝敬给官吏的红包，此举无异断了人家财路；而对于外商来说，原先的各种杂税虽然更高，但送出去的钱能够发挥作用，可以大大提升官吏们的办事效率，而今是钱交了，官吏们

却摆出一副公事公办的嘴脸，一连串复杂的流程走下来都不知道要花多少时间，贸易季又这么短，省了几千两银子却有可能无法及时完成贸易，怎么算都是不划算的。

至于“加一征收”，那是真的戳到外商的痛处了。虽然康熙皇帝在位时期也有6%的附加税，但只针对货物征收。众所周知，中国市场对外国商品兴趣不大，所以外国商船到中国贸易，装载的货物都不多，还是以携带大量白银为主，6%的货物附加税对他们来说只是毛毛雨。但杨文乾的“加一征收”把白银也纳入征收范围，来华外国商船动辄就带着几万、十几万的银圆，一被“加一征收”等于啥生意都没做就得先交几千上万的税，这搁谁身上都受不了。当时杨文乾在广州遭人恨到什么程度？据说广州城中但凡有资格给雍正皇帝写奏折的人，都参过杨文乾，只是写了也无甚作用。杨文乾曾一度被调去福建当钦差大臣，后来他带着如升行的行商进京为自己辩护，大获全胜，又被雍正皇帝调回广州官复原职，直到1728年病逝于任上。

就在杨文乾离开广州的这段时间，和他“搞不拢”的英国等国商船原本打算移师厦门，却被行商劝止，说那个难搞的粤海关监督已经走了，如今的代理巡抚态度很温和，还希望见见大班。英国大班本来不想去，但后来还是去见了代理巡抚，双方经过讨论，又权衡了一番去厦门的利弊后，英国大班决定这一年仍旧留在广州。

这艘名叫“奥古斯塔斯王子”号的商船分别与秀官、

谭康官、廷官、秉记、先官和官商葵官签订了茶叶和生丝的订单。在这一次的交易中，他们首次明确提到1950两白银的“规礼”，马士在《东印度公司对华贸易编年史》中记录道：“我们在这一天内同时交付通事1950两，曰谭康官担保，当作我们的船送给道员总督及其他大官员的规礼；按照现行的惯例，它已被视为和船钞相同的课征。”

很多人将外商对“规礼”的抵触解释为崇尚公平自由贸易的欧洲人无法理解天朝官员的“上贡”思想，其实不然。对于马戛尔尼、阿美士德等没实际接触过中国的特使或许如此，但那些多次来华、经验老到的洋船大班决不会这样无知。他们深谙中国那一套手握红包好办事的规则，知道适时地奉上“孝敬”会让一切事情更加顺畅丝滑。之所以反复在“规礼”这个问题上纠结，主要还是支付的“规礼”完全派不上别的用场，若真有事发生，还得额外再送红包。然而在政府或者说皇帝看来，收进国库的钱怎么可能再倒出来？所以清政府和外商注定要在“规礼”问题上拉扯很长时间，如同马士所说——是未来百年榷商的特别事项。

不过，由于清政府官员拒绝与外商直接打交道，这使得很多外国大班虽然懂得红包规则，但对如何与中国高级官员打交道则一窍不通。1728年，就在杨文乾实施“加一征收”的第二年，法国商船“凯撒”号来到广州。与英国人不同，法国人在耶稣会士的穿针引线下，比较早就开始同中国打交道，而且起点很高，往来对象是皇室和官僚阶层，因此法国人对中国体制以及官场那一套多少有所了解。他们听到广州实行“加一征收”的消息，没有着急将船驶入黄埔港，而是停泊在虎门外。大班打算和被他们冠以“抚院海部”这一特别称谓的杨文乾谈谈条件，希望能获得一些特权和方便，比如说，免除“加一征收”。

应该说杨文乾的回应是很客气的，答应免去这笔额外的税费，只不过转头就逼迫行商代缴。法国大班得到了基本让他们满意的答复，便住进了谭康官建造的“法国馆”，准备开始做生意。不久，杨文乾于任上病逝，新的粤海关监督还未到任，两广总督孔毓珣兼任广东巡抚，同时兼理粤海关事务。为了将十三行更好地置于政府管控之下，他于这一年八月设立总商，告示上给的理由冠冕堂皇：政府出于一番好意，指定一些可靠的行商代办处理一切贸易事务，免得你们这些天真的外商被“贫小商家”欺骗。但孔毓珣此举也可能是被外商对“加一征收”和“规礼”的顽强抗拒给弄得头大了，干脆直接让行商负责催缴，反正外商不交的话还有行商顶着。

二、“出头鸟”谭康官

英国人和荷兰人比较耿直，没法国人那么多弯弯绕绕，他们显然没有听懂告示的弦外之音。英国“哈里森”

号的大班直截了当表示拒绝缴纳10%的“加一征收”和1950两的“规礼”。他虽将船驶入黄埔港，但不让粤海关官员登船丈量核定税额。贴告示的糨糊都还没干就有人跳出来闹事，简直是照人脸上啪啪扇耳刮子。“哈里森”号的举动惹恼了孔毓珣，他认定是行商们工作不到位，将他们召集起来大加训斥，责令行商们让外商在三天内完成丈量，否则就清退全体行商。

形势让人不得不低头。在行商一番连劝带哄加卖惨的操作下，“哈里森”号大班同意丈量船只。但对于“加一征收”，所有的外商还是很有怨言。1728年9月15日，英国东印度公司三艘船的大班联合一艘法国船、一艘来自孟买和一艘来自马德拉斯的散商船的大班共计11人，在没通知行商也没带通事的情况下，带着一份翻译好的禀帖闯入两广总督驻广州的衙门（当时总督府设在肇庆，广州只是一座商业城市）请愿，希望能取消“加一征收”和“规礼”，并且给予自由贸易的权利。

这群不速之客让孔毓珣受到了不小的惊吓，但为了尊严和官威，他坚持不在现场作任何答复，只答应短期内会进行回复。他将外商们打发走后，因自感失却颜面而极为愤怒。他认为都是行商的煽动，外商才会闯到衙门闹事，因此将注意力放在追查是谁替外商翻译的禀帖。由于禀帖是法国神父翻译的，总督找不到撒气对象，憋了一肚子火。至于“加一征收”和“规礼”，这是朝廷的规定，皇帝的利益，绝无可能取消。

“规礼”也就罢了，1950两白银哪怕发挥不了别的作用，也比过去的杂税确实降低了不少。但“加一征收”实在太多了，那是咬几次牙都无法下定决心交出去的，外商们决定不交。粤海关一定要收，外商们一定不交，行商夹在中间就倒霉了，被迫自掏腰包代缴。说是代缴其实就是自己承担，可谁家的钱都不是大风刮来的，于是就有行商出来抗议，声称未与外商完成交易，不知道最后货物总价是多少，自然也无从计算10%是多少——这位挺身而出的人物便是谭康官。

说起谭康官，倒是与别的行商有几分不同。谭康官本名谭康泰，系广东顺德甘竹（龙江）东头人士，家中很早便经营陶瓷贸易等生意，主顾当中不乏外国人。他属于早早便见过世面的那批人，与兄弟谭康举一同经营名为“盈顺行”的洋行，与法国和荷兰商人过从甚密，常往来于巴达维亚等地经商，深受西方重商主义及贸易自由观念的影响。在当时的行商中，不乏有眼界之人，例如黎安官很早便投资荷兰商船并成为其股东。但身处皇权至上的封建专制社会而敢于为维护个人权益与当权者对抗的人，大概只有谭康官一个。

谭康官说话还是很有分寸的，他没说不交，只说贸易没完成，金额计算不出来。可总督觉得自己的权威受到挑战，已经决意要报复。清代的外交政策很奇怪，官僚阶层几乎不与外国人打交道，就连粤海关这种直接监管对外贸易的机构都如此，凡事皆由行商和通事在中间传达。外国人闹出乱子，只要不是人命关天的事，受罚的通常是中间人。这次也不例外，总督直接拿谭康官开刀，给他随便安了个罪名，抓到南海县牢里头关了12天，令全体行商加倍凑钱保人。

总督的这一手，将行商和外商一并镇住了，也或许是外商意识到贸易季快结束了，继续胶着下去只会影响买卖的顺利进行，总之，粤海关最后还是顺利收取了“规礼”和“加一征收”。1728年10月4日，英国东印度公司商船大班记录：“赤官藉口官员对欧洲商船出口货物征收10%，或类似这样的税，因而不肯签订合约。我们不知道10%的结果如何，但我们必须服从命令，只得清理我们的商馆准备堆放茶叶。”这段记录表明，在行商（不肯签订合同）和官府的双重压力之下，英国商船已决定妥协，并着手准备购货事宜了。其实别看外商对加税一事喊冤喊得凶，真让他们因此放弃中国市场，他们可舍不得。要知道，中国货物贩运到欧洲，利润至少有40%。据说那艘触礁沉没的瑞典“哥德堡”号，当时抢救上来的货物大概为全船货量的1/3，但其价值足以在支付这趟旅程的全部开支之外，再造一艘同样的商船。

三、行商相争，监督遭殃

1729年8月，新的粤海关监督到任了，这是一个28岁的年轻人，名叫祖秉圭，雍正十分喜欢他，将其当作未来的心腹之臣培养，只短短三四年时间，就将他从正七品知县提到二品巡抚位置。祖秉圭的运气不坏，他的前任把规矩立好、把恶人当足、把黑锅背牢，给他留下账目清明、形势大好的粤海关。这时商人们对加税的反应已经没那么激烈，祖秉圭上任后没进行任何改动，只萧规曹随就把位置坐得稳稳当当。他待人接物十分谦和大方，完全没有当时官老爷惯常的架子，无论对行商还是外商，都能以礼相待，外商每每求见，都能以礼待之，奉茶看座，送一些小礼物，对其进行安抚，并且耐心地倾听他们的抱怨诉苦——是否马耳东风且另说，但态度值得肯定，外商们对他的印象都极好，评价此位大人既文明，又客气，说话还好听，真是十分难得。

不过，这样和乐的氛围没有维持多久。1730年，谭康官和陈芳观两人写信给英国东印度公司，控告公司大班法扎克利在1729—1730年的茶叶交易上存在舞弊行为。具体是怎么回事呢？原来在1730年，谭康官与英国东印度公司的一艘商船签了一大单茶叶交易合同，等他把货备齐后，对方又毁约不要了。谭康官经过调查，发现大班法扎克利私底下又和广顺行的陈寿官（秀官）签订了合同，法扎克利以一个较高的价格买进陈寿官的茶叶，后者则相应给他一笔私人回扣。给回扣这种事，在当时十三行是比较常见的现象，算是商业手腕的一种。“瑞典的弗雷德里克”号首席大班坎贝尔就在日记中记录，资元行的老板黎开观（黎光华）曾经很直白地跟他说，只要蓝旗国（瑞典）所有洋船都从他黎开观这里买茶叶，那么他就会给坎贝尔非常丰厚的个人回扣。不过这桩事情被坎贝尔义正词严地拒绝了，大约是因为他作为一个刚加入瑞典东印度公司的新人，需要向老板们表明自己的忠诚可靠。

总之，谭康官和陈芳观的控诉显得很不合群。有学者将此解释为维护公平自由的国际贸易原则，未免过于拔高——给回扣的行商大有人在，何以偏偏指控陈寿官呢？最直接的原因，不过是双方属于商业竞争对手罢了。当然，给回扣这种事属于不良商业竞争，无论是粤海关还是英国东印度公司都是禁止的，所以英国东印度公司方面很快就作出反应，董事会训令管理处来广州调查法扎克利舞弊一事。

谭康官冒着极大风险，答应在英国派来的誓证委员面前宣誓作证，如有必要，他甚至愿意出庭作证。这件事虽然后来英国方面不了了之，但英国东印度公司十分感谢谭康官，为了表达敬意，董事会托商船大班带给他一封感谢信，还有英国茶碟、家具和一些优质绒布以资褒奖。其时谭康官因为向英国人告状这件事被广东当局惩罚，吃了不少苦头，所以他要求英国人将礼物以“秘密的办法”送给他，免得又被抓去坐牢。不过他后来又向董事会递交了第二封控告信，指控内容类似，对象则是另一个大班尼什，最后依然是没有下文。

行商相互竞争，原本不算什么大事，可偏偏被指控的陈寿官与粤海关监督祖秉圭的关系特别好，虽然理论上谭康官和陈芳观应该向粤海关举报回扣一事，但可以预见祖秉圭会拉偏架，所以谭康官只能找法扎克利的老板。然而越过中国政府找外国人主持公道，事情的性质就变了。

1731年，英国东印度公司的商船又来到广州。由于法扎克利与陈寿官串通舞弊之事尚未查清，董事会指示这年不与陈寿官合作，改为与谭康官和陈芳观签合同，但麻烦的是陈寿官是英国东印度公司商船指定的保商，按照规定，保商对所保的船只享有贸易优先权，倘若商船想和别的行商做生意，必须先取得粤海关颁发的允许贸易自由的谕帖。

英国东印度公司的商船等了很久，但谕帖迟迟没有发放，眼看回程时间渐渐逼近，商船只得先与谭康官和陈芳观签了合同。等所有的货物装好船后，粤海关来人了，先问是否已经将货物都装船了，得到肯定答复后，粤海关的人立刻翻脸说，得到上级命令，今年禁止将谭康官的货物装上船，更不许与他有贸易往来。商船大班只得将装好的货物又卸下来，同时他发现联系不上谭康官了——因为谭康官又被抓了，罪名是“通夷”。大班没办法，只好去把陈寿官请来，请求他看在过去交情的分上帮忙和粤海关监督说说好话，解释一下他们和行商及粤海关监督之间的误会。为了表示诚意，大班把和谭康官交易的份额拆了一份出来给陈寿官。

陈寿官有没有去当说客不得而知。十来天后，谭康官出现在大班面前，按照他的说法，他与粤海关监督之间的分歧已经消除了，不过他在南海县牢房里被关了5天，原因与1728年那次一样，都是“加一征收”问题。谭康官的说辞，很可能是为了让英国人对他心存感激——他是坚定地站在他们这一边的，但“通夷”罪名足以说明广东当局在意的是他越过监管部门向外人告状。英国人显然也没有看透事情的本质，马士在《东印度公司对华贸易编年史》中分析：“但现在的事例，不过是秀官（即陈寿官）个人与海关监督之间的勾结，目的只是要求答应参与陈寿官合约的一份而已。”如果祖秉圭看到这个评论，大概会无语良久，然后说上一句：倒也不至于……

四、“中央直属”与“地方大员”的较量

祖秉圭怎么也没想到，谭康官、陈芳观与陈寿官之间互相争斗，最后倒霉的却是他。这就要涉及此事的另外一个原告陈芳观，他与祖秉圭本就不和，祖秉圭以“通夷”治他罪，他便更加激烈地报复回去，以致事情越闹越大，

最后上达天听，祖秉圭先被革职，后被处斩，追悔莫及但为时已晚。然而倘若再重来一遍，不见得会改变结局，明清以来对外夷的态度、清朝统治者“华夷大防”的警惕心理以及清政府独特的对外贸易制度，几乎已经决定了事情的走向。

粤海关因其特殊性，从上到下没有不贪的，历任监督除了毛克明在任时间短没来得及贪或没有记载外，或多或少都贪污受贿，祖秉圭自然也不例外。从某种意义上说，粤海关监督就是内务府采办和替皇帝看守钱袋子的人，自然要选派皇帝的亲信担任。对于这点，祖秉圭心领神会。为报答雍正皇帝的圣恩，他是往内务府送奇珍异宝送得最勤也最用心的一个。据说清宫当时开始流行安装的大块玻璃和摆设西洋玻璃画，就是祖秉圭送进宫的。

每年都要支出这么一大笔开支，加上还得保证当年的关税收入不能比上年少——有所增加更好，祖秉圭的私人荷包看上去也得像点样，钱从哪里来？自然是行商掏。祖秉圭进贡太卖力，钱财缺口太大，搜刮行商也就更加花样百出。这过程当中，他与广顺行老板陈寿官越走越近，关系越来越好。有人拍马屁，自然也有人不买账。这个不给祖秉圭面子的人就是孚德行老板陈芳观。他与陈寿官是竞争对手，也看不惯祖秉圭的贪得无厌，见这两个人凑到一起，简直就是厌恶超级加倍。

祖秉圭将陈芳观和谭康官关了几天，又不许他们这一年与英国东印度公司做生意，未尝没有惩戒陈芳观平日的不敬和替陈寿官出头的意思。然而此举彻底激怒了陈芳观，他担心日后这样的打压愈演愈烈，索性决定把祖秉圭扳倒。他一面在惠州知府衙门躲起来，一面暗中搜罗祖秉圭贪污的证据，最后从一个曾在粤海关当差的书吏手中，买下了记录祖秉圭贪污的账本，把这个账本交给了祖秉圭的政敌鄂弥达。

祖秉圭得知陈芳观在对付自己，当机立断决定先下手为强。他写了封奏折给雍正皇帝，称陈芳观和谭康官操纵行市，包揽生事，又指两广总督兼广东巡抚鄂弥达系两人的保护伞。雍正皇帝遂下旨逐退两家，将谭康官再次下狱，陈芳观则解回福建原籍收管，不久后便病死。祖秉圭暂时赢得了胜利，但他没想到广东官员正在憋大招——或许想到了，只是不怎么在意。

用今天的话来说，粤海关属于中央直属机构。粤海关监督的品级虽低于两广总督，但后者对他的管辖权极小，而且粤海关监督作为皇帝的亲信还有直接发密折的特权，是能够与两广总督叫板的。广州对外贸易发达，大小官吏多想从中分肥，以至衍生出总督商人、抚院商人之类的“官商”，彼此间多少会产生摩擦和竞争。再者说，给皇帝“上贡”这种能刷好感的事，广东有资格向朝廷上奏的官员都想做，但每年洋船带来的宝贝就那么多，你粤海关监督把好的都挑走了，还挑那么多，让别的官员怎么去刷

晚清粤海关

脸？因此向来粤海关监督和广东地方大员和睦的不算多。祖秉圭青年得志，又深得雍正皇帝偏爱，他是不相信谁能将他扳倒的。

紧跟着祖秉圭的奏折，两广总督鄂弥达和广州城守副将毛克明也分别上疏弹劾祖秉圭。鄂弥达状告祖秉圭贪墨税银15万两，毛克明罗列证据，指控祖秉圭才是广罗党羽、欺行霸市、从中渔利的人：“洋行共有壹拾柒家，惟闽人陈汀官、陈寿官、黎关官叁行，任其垄断，霸占生理。内有陆行系陈汀官等亲族。所闻现在共有玖行，其余卖货行尚有数拾余家，倘非钻营汀官等门下，丝毫不能销售。凡卖货物与洋商，必先尽玖行卖完，方准别家交易。若非监督纵容，伊等焉敢强霸？是官渔商利，把持行市，致令商怨沸腾，众口交谪。事关欺昧罔利，理合据情密奏。”

细读祖秉圭及毛克明奏折所言之事，其实说的就是保商制度，这项制度对行商有诸多要求和限制，是清政府“以官制商”而压榨控制行商的手段之一，当然也是官员们谋利的工具，拿来攻讦政敌倒也很合适。雍正未必不知道保商制度，但贪污15万两白银的事实摆在眼前，他必须拿出态度。于是就在祖秉圭驱离陈芳观的四天后，他被雍正皇帝下令革职，交由鄂弥达查办，粤海关监督一职由郑伍赛代理，陈寿官、陈汀官等则一并入狱。

得知祖秉圭被革职查办的消息后，原先还觉得他是个大好人的外国大班迅速换了副嘴脸，纷纷向新任粤海关监督告状，诉求重点还是落在取消“规礼”和“加一征收”上，同时要求清政府公布税率，做到征税透明。据说也是一个“很好的人”的新监督很恳切地对大班们的诉求一一作出答复，最后表示自己无权处理和改变，告状之事不了了之。

谭康官在祖秉圭革职不久后便被释放，再次出现在外商大班们的眼前。大班们虽然很感激他做的一切，但却表现得很现实，没有和他、陈芳观以及陈寿官签订任何合同——他们听闻他和前粤海关监督的官司仍然纠缠未清，而这位前监督据说是“一位满洲人，他的同乡都高踞要津，并时常是皇上的耳目”。大班们根据核文乾一事的经验，觉得还是谨慎为妙，谁知道祖秉圭会不会也杀个回马枪呢。至于陈寿官，虽然实力很强，也合作过很多次，但他都坐牢了，自然不能够再合作。

从历任皇帝对粤海关监督的态度来说，大班们的判断是有理有据的。粤海关监督就算出了问题，通常都是以冷处理为主，这一点从雍正皇帝将祖秉圭问了个斩监候，却迟迟引而不发便能窥出端倪，大概也是想让他补足亏空，等事情过去后再慢慢起用。只可惜雍正皇帝驾崩太早，而彼时从祖秉圭身上只追得2万余两白银，于是1737年，祖秉圭便被登基近两年的乾隆皇帝砍了脑袋，这就好比嘉庆上台后赐死和珅一样，新的君王总得拿人来立威。只是，其他的银两去哪里了呢？恐怕大部分还是进了皇家的口袋。

五、不完全的胜利：取消“加一征收”

随着乾隆皇帝登基，外商们觉得他们的机会又来了。乾隆皇帝此人对外国人最警惕不过，弄出的“一口通商”被后人评价是闭关锁国之始，但偏偏被外国人谜之喜欢，不说伏尔泰是他的迷弟，就连外商都对他赞誉有加——就好像他们曾亲自同他打过交道似的——他们评价这位年仅25岁的皇帝“是一位大天才、学者，他的意志坚强，正适合于对付危及中亚细亚大部分地区的困难”。他们认为“规礼”也好，“加一征收”也好，都是粤海关自作主张弄出来的，皇帝必然不知道此事，所以打算写一份联合请愿书，想办法送到京师去。

此事谭康官出力颇多。他的兄弟谭康举在国子监很得大学士李绂赏识，谭康官大约是透过谭康举将自己因抗争“加一征收”而三次下狱的事告诉了李绂。“加一征收”对贸易本身的伤害以及对行商和外商的压榨，眼界和学识都不缺的李绂深以为然，于是他便联合朝中五位重臣——大学士张廷玉、户部尚书兼内务总管海望、步军统领托时、左侍郎申珠浑和左侍郎赵殿最，共同上奏请求乾隆皇帝取消“加一征收”。其时乾隆皇帝刚刚即位，正是一番雄心、励精图治的时候，六位大臣的奏折，正中他“加惠远人”的下怀，但所谓“三年无改于父之道，可谓孝矣”，囿于孝道，乾隆皇帝犹豫了半年，终于还是允了。

1737年，谭康官代表官方和十三行向外商们宣布取消“加一征收”的上谕，外商们抗争了近10年，总算是取得了胜利，自然欢呼雀跃、喜不自禁。两广总督鄂弥达特地将此事记录下来向乾隆皇帝报告：“皇上特旨裁减，仰见圣主怀柔德竟无远，弗（法）国夷商仰休恩波，无不欢欣踊跃，叩首焚香，实出中心之感戴。”其中是否有夸张？不得而知；是否拍中了乾隆皇帝的马屁？肯定的。

宣布完减税的事，谭康官开始帮鄂弥达讨要好处。谭康官说，为了设法让皇帝取消“加一征收”，他和总督在京师很是活动了一番，花了3万两白银。他和其他行商情愿承担一半，剩下的一半，想必已经得了天大好处的外商会很乐意支付。为了说服外商掏钱，他提及自己正在拟一封关于请求取消6%的税和规礼以及允许枪炮武器上岸等问题的禀帖，并且暗示极有可能成功。这笔钱不是小数，即使法国、英国和荷兰三家分担，每家也得好几千两银子。大班们迟疑着问谭康官，他说的种种好处是否都打包在15 000两白银里了，谭康官说这只是取消“加一征收”的辛苦费，至于其他得另算钱。大班们犹豫许久终究还是交了这笔钱，一来谭康官的承诺很有吸引力，二来谭康官背后是鄂弥达，得罪了他恐怕日后生意难做。只是，他们不知道的是，规礼一项是绝无可能取消的，这点谭康官和鄂弥达都很清楚，所以当外商再提此事的时候，粤海关监督很干脆地说：“由于皇帝上一年已取消10%，现在再向他有任何请求，都是不合时宜的。”外商们只好继续等待合适的时机，这一等就是一百多年，直到1843年，规礼才被彻底取缔。

十三行一系列制度都源于清朝统治者既防民又防夷的思想，在“以官制商，以商制夷”政策思路的主导下，官方的盘剥以及官商勾结的现象永不会禁绝，一个祖秉圭的倒下根本挡不住后来者贪腐的脚步。就连谭康官，这个带头抗拒缴纳“加一征收”和“规礼”的人，后面还不是要为自己寻一个保护伞，并且替对方谋取利益。是无奈？身不由己？或许都有。

至于陈寿官和陈汀官等祖秉圭的党羽，乾隆皇帝倒没有过多为难，处理完祖秉圭后很快便将他们释放。陈寿官出狱后，深感自己已经无心也无力争斗，便申请退出了行商，将洋行转交给自家的账房先生潘振承经营。没过几年，潘振承申请建立同文行，开始以令人瞠目的速度发展起来。潘振承就是十三行历史上大名鼎鼎的“潘启官”、18世纪的世界首富，因其良好的信誉，在外商中颇具口碑，被称赞为“最可信赖的商人”，“行商中最有信用之唯一人物”。他是英国东印度公司最大的客户，也是瑞典东印度公司最主要的贸易伙伴。瑞典“哥德堡”号来广州与潘振承进行贸易时，潘振承赠送了一幅自己的玻璃画像。至今这幅画像仍保留在哥德堡市的博物馆里，是欧洲所有博物馆中唯一珍藏的一幅中国人画像。其子潘有度，人称“潘启官二世”，也是个不简单的人物，他与时任粤海关监督佶山之间的恩怨，曾被坊间演绎成一本畅销小说《蜃楼志》（1804年）。

潘振承

至于潘氏家族与外商及粤海关之间的恩怨纠葛，那是另外一个跌宕起伏的关于利益纠缠的故事了。

茶叶，绿色黄金的崛起

自16世纪以来，英国通过一系列战争，成功在18世纪中期从孤悬海外的岛国一跃成为海上霸主和海外殖民地霸主，号称“日不落帝国”。然而，一个令人沮丧的事实是当时所有的欧洲国家对华贸易都处于逆差状态，它们在中国销售产品的所得远不及从中国买走的产品，尤其是自17世纪起，中国茶叶在欧洲很多国家成为日常消费品，而中国市场对外国商品一如既往地毫无兴趣，这种逆差看上去几乎无法扭转。

作为最大的对华贸易国，英国想了种种办法来减小差距，诸如要求清政府开通更多的通商口岸、允许外国商船自由贸易，改变贸易策略，寻找中国市场感兴趣的商品，发展本国陶瓷业和纺织业，在锡兰和印度等地引种栽培茶树等等，都无法在短期内产生显著效果。18世纪中期，英国人找到了他们梦寐以求的商品——鸦片，大规模的鸦片贸易（1796年后为非法走私）让英国人如愿以偿从中国带走了大量白银，同时也成为导致十三行覆灭的原因之一，更将近代中国拉入半殖民地半封建社会的深渊。这，大约是对鸦片走私持苟且态度的十三行行商们始料未及的。

一、荷兰人让中国茶走向世界，英国人在世界掀起茶叶风暴

中国是最早发现和利用茶的国家，如今世界上所有制茶技术都源于中国。欧洲国家当中最早接触茶叶的是葡萄牙，但最早将茶带到欧洲并进行茶叶贸易的是荷兰。1610年，第一批中国茶叶被荷兰人运回荷兰，拉开了中欧茶叶贸易的序幕。最初，茶叶被当作一种包治百病的灵药放在药铺出售，价格极贵，普通人很少买来喝——一方面是买不起，另一方面是当时部分荷兰医生对茶叶的治病功用表示怀疑。茶叶的忠实拥趸是荷兰远洋水手，他们将茶叶当作“伴着醋、油和胡椒的色拉”嚼食，据说味道不坏，而且对预防和治疗坏血病有效果。

1640年，第一批将茶当作饮料的人，在海牙宫廷的达官贵人和“默伊登圈子”的艺术家、科学家中出现了，随后慢慢扩散到平民阶层，这是因为关于饮茶有益还是有害的争论在荷兰持续了将近百年，后来赞成的声音总体比反对的多，茶叶渐渐开始为大众所接受。在1680年之后，茶已经成了荷兰大众饮料，并发展出一套喝茶礼仪。比如客人前来拜访时，主人会用精致的茶盒装上几种不同品种的

茶叶供客人挑选，客人挑好自己喜欢的茶叶后，主人会给每个客人泡上一小壶茶，由客人自斟自饮。饮茶用的不是茶杯，而是碟子，且喝茶时必须啧啧有声，以此表示对主人和茶叶的赞美。

荷兰人不光自己喝，也很积极地向欧洲其他国家推广茶叶，以便进行茶叶销售赚取利润。从17世纪中期起，荷兰把茶叶先后传到葡萄牙、法国、英国、德国乃至北美地区。18世纪的欧洲已经饮茶成风。市场需求被开发后，富有生意头脑的荷兰人开始大量采购茶叶运到欧洲销售。1651年，荷兰人开始在阿姆斯特丹举办茶叶拍卖会，很快这里便成为欧洲茶叶供应中心。1685年荷兰东印度公司接到2万磅的茶叶订单，1715年增至7万磅左右，到1719年，

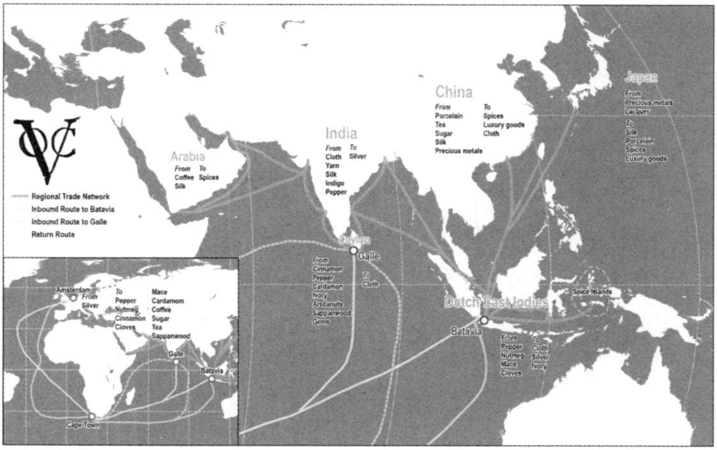

16 世纪中期荷兰东印度公司在亚洲的贸易地图

这个数字已经激增到20万磅。长期以来，荷兰对华贸易都是通过巴达维亚中转来完成，但巴达维亚茶叶的供应和价格都不稳定，也不够新鲜，荷兰东印度公司遂重新制定了对华贸易政策，于1729年正式开通了对华直航贸易，至1757年又设置了“中国委员会”，专门负责荷兰—广州直航贸易，到1794年对华直航贸易终止前，茶叶占了荷兰东印度公司对华进口商品的78.9%—89.6%。

荷兰人之所以对茶叶贸易投入了这么多的关注和精力，是因为贩卖茶叶的利润很高，可谓暴利。以1666年为例，中国出口的茶叶，价格最贵的不到30两白银一担（约合110磅），这个价格在中国已算很高，但运至阿姆斯特丹价格可以再翻一倍，每磅茶叶售价达到3先令4便士（约合0.5两白银）——若仅仅如此，自然称不上“暴利”，茶叶的暴利环节产生于在欧洲市场的转卖，比如阿姆斯特丹的茶叶运至英国每磅售价可高达2英镑18先令4便士（约合8.75两白银），翻了将近17.5倍，茶叶因此被称为“绿色黄金”。从17世纪到18世纪前期，荷兰基本上垄断了欧洲及北美的茶叶生意，赚得盆满钵满。

茶叶贸易的巨大利润太过吸引人，英国、法国、丹麦和比利时等国家也开始做茶叶贸易，其中对荷兰威胁最大的是英国。英国对华贸易开始得较晚，最初的贸易以丝织品和瓷器为主，到了18世纪20年代转变为茶叶，原因是饮茶在英国成为一种风尚。茶叶在1645年作为一种药物传入英国，1662年，葡萄牙公主凯瑟琳·布拉甘扎带着一箱茶叶嫁给英王查理二世，把饮茶习惯带到英国，在英国宫廷和上流社会形成风尚，后来又传至平民社会，到18世纪中期以后，演变成一种社会习俗，即现在被视为英国文化象征之一的英式下午茶。

英国商人最开始是二道贩子，从荷兰人或南洋人手里购买茶叶，所得利润虽比荷兰人少，但也有6倍左右。随着英国国内茶叶消费量的上升，他们很快便不满足于此，开始想办法直接与中国通商，用更优惠的价格购买茶叶。1689年，英国东印度公司首次从中国厦门购买到茶叶，随后一发不可收。英国东印度公司与中国的贸易在1784—1833年达到鼎盛期。这个时期的中英茶叶贸易得到大幅度增长。1783年英国进口的中国茶叶为27 322担，到1826年已经超过30万担，茶叶占据了英国对华贸易总值的90%左右，垄断了欧洲茶叶市场80%以上的份额，英国国库10%的收入来自茶叶贸易贡献的茶叶税。

为了争夺欧洲和北美茶叶市场，英荷两国明争暗斗一直没停过。英国购买茶叶的白银，主要来自其北美殖民地。英国的北美殖民地也有饮茶之风，为了榨取更多的白银，英国先后在北美地区颁布了《印花税法》《唐森德税法》《茶叶法》及《强制法令》，征收高额茶税并实行茶叶垄断贸易，导致北美殖民地茶价极高，当地人只能向荷兰人购买价格更加低廉的走私茶。据说，荷兰人通过走私

波士顿倾茶事件雕版画

茶叶，每年从北美地区可获得高达40万英镑的收入。英国人一系列以盘剥为目的的法令引发了1773年波士顿倾茶事件，成为美国独立战争的先声。

1775年美国独立战争爆发，荷兰坚定地站在北美殖民地一边，为自己的优质客户提供了不少援助，这成为英国向荷兰宣战的理由。1780年，第四次英荷战争爆发，英国虽然在美国独立战争中失去了北美十三州，但也从荷兰身上掠夺了不少商船物资和殖民地。1784年，英荷停战，英国全面取代了荷兰海上霸主和世界金融中心的地位，荷兰由欧洲强国变成不入流的国家，再不复往昔荣光。

荷兰失去了海上霸主地位，不想连茶叶贸易也一并失去，就大量向英国和欧洲其他国家走私茶叶，逼得英国于1784年在英国本土通过《折抵法案》，又将茶叶进口税从

119%降至12.5%，沉重打击了荷兰茶叶走私商，成为英国近代茶叶贸易史的关键转折点。

荷兰随后进入内乱和被法国占领时期，荷兰东印度公司亦于1799年宣布破产解散，对华贸易陷入停顿状态。尽管荷兰人在1814年国家恢复独立后很快便重新整顿恢复茶叶贸易，但时代早已不同了，荷兰对华茶叶贸易的份额在广州整个外销茶叶贸易中已经微不足道，1840年，荷兰驻广州领事馆关闭。

二、在十三行上演的茶叶贸易“宫心计”

几乎将对华茶叶贸易整个抓在手中的英国其实没有看上去那么风光。一直以来，英国的毛纺织品在欧洲市场的销量都很好，尤其在14世纪初，毛纺织品的出口量占全部出口商品的93%，因此他们对用毛纺织品打开中国市场充满了信心。然而现实是他们引以为豪的纺织技术在中国人眼中根本是班门弄斧，而且呢绒、哔叽（羊绒制品）这样厚实的料子在终年炎热潮湿的南方地区也很少用得上，而欧洲市场又对中国商品极为渴求，英国不得不花费大量白银进行购买，从1700年到1757年一口通商之前，英国出口中国的商品总价值约为925万英镑，而从中国进口的商品总价值约为2683万英镑，高达190%的贸易逆差让英国人迫切地想打开更广阔的中国市场，这种迫切感随着茶叶在中英贸易中占比的增加而越来越强。

茶叶取代丝绸占据中国对外出口商品的首位，对整个世界具有很深远的意义，有西方学者指出：“在横跨大西洋或是绕过好望角行驶的船舶上，所运的货物不是为宫廷或教堂而是为小港和农户预定的。这一天的到来，标志着世界进入近代体系的一个重要阶段。因为只有当资本能被用来生产民众所消费的货物时，近代规模的资本主义制造才有可能。”在欧洲市场，丝绸和瓷器长期作为奢侈品存在，虽有价而无量，白银外流有限，同时商人也能赚到钱。而茶叶不同，它是全民消费的商品，在欧洲和北美具有庞大的消费者基数和市场，而中国市场又始终没发育起来，无法通过商品输出让进出口达到平衡，只能使用白银或黄金进行交换，这导致西方各国的贵金属不断流向中国，从而影响到现金流。于是便出现这样的现象：茶叶的贸易量越大，贸易公司需要的白银就越多，为了筹集现钱进行的贷款也越多，公司的财政赤字就越大。这样的恶性循环几乎拖垮了英国东印度公司，为此它不得不想尽一切办法来弥补亏空。

凭借自己是最大茶叶买主的身份，英国商人先尝试进行比较强硬的以货易货，即要求卖茶叶的行商必须按照一定比例买下他们带来的毛纺织品；此外他们利用寄售货物的机会放高利贷，或者言明货物作价几何，用来折抵茶价。办法虽然有效，但节省下来的白银几乎可以忽略不计，这一方面是英国商船装载的货物一般只有一两成，折腾不出多少现钱；另一方面行商也不是傻白甜，你敢强买强卖，他就敢在茶叶价格和品质上给你做手脚。英国进口的茶叶最早以绿茶为主，因为上等绿茶带来的利润更大，但由于海上航行时间太长，绿茶很容易变质，加上有不良行商以次充好，甚至往绿茶里掺树叶草茎之类的冒充绿茶，渐渐地外国商人就不再购买绿茶，改为购买红茶。

行商通常向行外茶商订购茶叶，乾隆皇帝实行“一口通商”之后，也有不少茶叶产地的茶农或茶商带着茶叶来广州寻找买主，于是在外商、行商和茶商之间，围绕着利益得失常常上演“宫心计”，时而外商与行商联合起来逼迫茶商贱价销售，时而行商与茶商合作坑外商，时而外商与茶商两头拿捏行商……总之，大家都不是什么纯良人士。1819年，茶商们联合起来抗议行商和英国东印度公

通草水彩茶叶贸易画

司“刻薄挑剔”，导致茶价下滑。英国东印度公司非但不让步，还故意将茶叶收购价再降了一些。愤怒的茶商拒售茶叶，外商也不甘示弱，宣布拒收，两方僵持到贸易季快要结束，最后外商通过行商在衙门活动了一番，南海县衙发布通告称若继续阻碍贸易，将逮捕领头者。茶商无可奈何只得屈服，而茶叶积压到这个时候也只能按冬季茶价出售，比之前英国东印度公司下调的价格还低，可以说茶商们在抗争几个月之后损失惨重。1834年，英国东印度公司和内地一伙茶商勾结起来，向行商提出要加价，否则便拒绝供货，行商为了完成订单，不得不高价买进茶叶，而以合同价格卖给英国东印度公司。

大约是被坑的时间长了，荷兰人和英国人鉴定茶叶品质的能力飞速增长。荷兰人有专门的品茶师，他们的工作是将相似品种的茶叶归类、控制好茶叶质量，使其符合欧洲消费者口味。为此，荷兰人从茶叶的色泽、气味、口感及泡质出发，发明了一套评价茶叶的术语，如“味醇”“味浓”“味香”“味浅”“味淡”等，作为定质定价标准。而英国人则发明和完善了茶叶鉴定系统，俄罗斯人伊·阿·索科洛夫在《俄罗斯的中国茶时代：1790—1919年俄罗斯茶叶和茶叶贸易》中略微提到了这套方法：“鉴定在一间墙壁涂上黑色的、有特殊的采光系统的房间进行。需要对很多数据进行评测：茶叶的色泽、形状、叶子捻度、香味等。在鉴定茶叶品质时甚至还需要考虑到从茶叶表面发出的光斑。”

除了努力成为专家以避免踩坑之外，英国人也从两个方向上努力扩大茶叶来源。其一是多次口头或书面请愿，甚至通过实际行动（这些行动为清朝当局所不喜，如移市入浙）请求清政府开放更多的通商口岸和允许自由贸易，学术界称之为“北部开港运动”。他们希望在广州以北地区、离茶叶产地更近的地方或干脆是茶叶产地进行贸易，这样不仅有更加多样化的市场进行英国工业品销售，还能买到价廉物美的茶叶，并且可以缩短运输周期，降低物流成本，也能少缴不少税。英国人为了这个目标努力了一百多年，除了英国东印度公司的商船大班时常老调重弹之外，英国政府曾三次派遣使团觐见清朝皇帝陈述同样的请求——1787年首次访华因正使卡斯卡特中途病故被迫返回；1816年第三次因觐见礼仪问题压根没见到嘉庆皇帝；唯独1793年马戛尔尼一行成功得到了乾隆皇帝的接见，因为他们请求进京的理由是进贡和为乾隆皇帝贺寿。

1793年，乾隆皇帝82岁，寿数已经超过了中国历史上绝大多数帝王。这年大寿，还有万里之外的外国使者前来贺寿，他的心情极好。哪怕后来使节提出了六个很失礼的要求，也没让他有多少不悦。马戛尔尼提出的请求如下：一、允许英商到宁波、舟山和天津贸易；二、准许英商循俄商旧例，在北京设立商馆；三、将舟山附近一处海岛让给英国商人居住和收存货物；四、在广州附近划出一块地

乾隆接见马戛尔尼使团

方，任英国人自由来往，不加禁止；五、英国商货自澳门运往广州者，享受免税或减税；六、确定船只关税条例，照例上税，不额外加征。

马戛尔尼一行在京师得到了优厚的待遇和赏赐，但对于这六条要求，乾隆皇帝连商讨的机会都没给他们，并很快派人遣送他们回广州。马戛尔尼在广州停留了差不多三个星期，拜会了不少当地官员和行商，也接见了很多本国商人，听他们倾诉在这里做生意如何受压迫。在一次与广州高级官员们吃饭的时候，通过总督和藩台的几句争论，马戛尔尼敏锐地发现此地官员之间有利益纠葛，直觉告诉他，想解决广州贸易问题恐怕可能性不大。1794年1月，马戛尔尼接到了乾隆皇帝降下的敕书，除对马戛尔尼一行不远万里前来朝拜表示嘉奖之外，特别说明了不同意请求的原因——“当知尔所请各节实因碍于天朝体制，不能照准，即朕虽有允准之心，亦不能改变祖宗成法。”马戛尔尼来时满怀信心，走时满腔沮丧，他的随员安德森说：“我们的整个故事只有三句话：我们进入北京时像乞丐，在那里居留时像囚犯，离开时则像小偷。”恐怕这就是使团所有成员最直接的感受。

三、马戛尔尼外交失败，英国人决定自己种茶

扩大茶叶来源的另一个方向是尝试种植、制作茶叶。长期以来，中国向海外出口的商品，诸如瓷器、丝织品、木器等都不是独一无二的，很多商品外国手工业都能制造出来取而代之。事实上并不是所有的外国人都喜欢中国货，至少部分手工业者就不喜欢，因为威胁到他们的饭碗。1700年“安菲特利特”号满载中国商品返回法国，除了引发市场追捧之外，也引起了法国制造商们的不安。他们向法国国务部长蓬查特兰表达了忧虑，部长亲自向“安菲特利特”号船主儒尔丹写了一封信作为提醒：“本人获悉，扇子、桌子、细木家具与陶瓷制造商们都在指控你们从中国运来了其行业的大批产品。他们认为你们的贸易不应建立在这种有损于他们利益的基础上……要避免将来会有人对你们的行为提出指责。”无独有偶，西班牙马尼拉大帆船将大量中国丝织品运到西属

美洲销售，价格仅为西班牙丝织品的三分之一，将后者排斥出市场，导致西班牙丝织业一落千丈。所以，只要在本国有类似产业的商品，外贸商人在采购时都会加倍小心，掌握好分寸，以免侵害本国制造商们的利益。

在众多外贸商品中，唯有对茶叶不用担心这一点，因为只有中国人才懂得如何种茶和制茶，使之具有了唯一性。正如经济学家、历史学家格林堡所说："茶叶是唯一能够成为普遍消费品而又不与本国制造品竞争的一种合用的货物。"英国东印度公司享有对华贸易垄断特权，也就顺理成章地垄断了茶叶贸易。为了获取巨额利润，英国东印度公司无所顾忌地不断扩大茶叶贸易规模，到18世纪末达到一个惊人的数字，不过他们也因此受到了反噬——作为茶叶的供货方（日本茶的数量很小），清政府虽然收取的茶税不高，但会在认为不妥当的时期禁止或限制茶叶出口。

1757年乾隆皇帝下旨"一口通商"的同时，也下令对丝绸、茶叶等传统商品的出口量严加限制；1817年嘉庆皇帝又将茶叶列为禁止出口的货物之一，如有违禁，商人治罪，茶叶没收，守关人员惩处不贷。英国市场对茶叶的巨大需求和英国东印度公司对中国茶叶市场的严重依赖，使这些禁止令仿佛一道紧箍咒，让英国东印度公司的大班们在广州小心翼翼，低调做人，不敢惹恼清朝政府和官员。对马戛尔尼使团进京向乾隆皇帝陈情一事，英国东印度公司的部分董事其实是忧心忡忡的，"深怕使节因过早地为他们的困难申诉或要求更多的利益会引起中国方面的惊骇，以致中国政府完全禁绝对外贸易”，而“突然停止这种大量的消耗品而又无其他代替品，将会在广大人民当中发生很大困难”。

英国人决定自己种茶。早在1788年，自然学家班克斯就倡导大规模种植茶树，但英国东印度公司认为这样会损害自己茶叶专卖的特权，对此事并不积极，最后不了了之。到了19世纪30年代，随着茶叶贸易规模的步步扩大，大量白银流入中国，迫使英国政府开始寻找中国茶叶的替代品。

尝试种茶这件事，荷兰东印度公司比英国东印度公司起步更早，他们在1728年就已经尝试在爪哇种植茶叶，可惜失败了，于是他们计划从中国获取茶籽和相关技术。然而清政府也不傻，知道茶叶能给自己带来巨大的关税收入，所以严禁茶叶种植和加工技术以及茶籽的外流。荷兰东印度公司有一位名叫雅各布森的农业首席专员，他在广州工作多年，一心想将与茶叶相关的技术知识偷偷带到爪哇，尝试几次都以失败告终。1833年，雅各布森再一次从中国前往爪哇，这次他成功带走了700万粒茶籽、15位中国茶工及多种制茶工具，而在这之前的1828年，爪哇已经试种茶树成功，雅各布森遂被任命为爪哇公营茶叶企业负责人。

英国人比荷兰人幸运一些。1823年，在第一次英缅之战爆发前夕，一位名叫罗伯特·布鲁斯的英国军官无意中在印度东北部阿萨姆发现一株高达13.1米的野生茶树，由此开启了英国茶树栽培之路。1834年，英国印度总督班庭克专门成立了“茶业委员会”来推进印度种茶项目，同年，英国政府取消了英国东印度公司的贸易垄断特权。为了在商业竞争中保持不败地位，英国东印度公司不得不改弦易辙，积极参与到培育和种植茶树的行列中来。

然而印度本地产的初代阿萨姆茶气味刺鼻，口感极差，产量也很低，完全不适宜销售，英国东印度公司便学习荷兰东印度公司，也打起盗取中国茶种和技术的主意。在长期对华茶叶贸易过程中，英国人在茶叶品鉴方面已经是行家，他们得出一个结论——中国出产好茶的地带，基本上都在北纬27—31度之间，云雾缭绕的高山茶种品质尤其出众。英属印度殖民地喜马拉雅山南坡有一个区域，其各方面条件都十分接近中国最好的产茶地，英国东印度公司决定在这里开辟茶树种植场。他们想办法从广州走私了一批茶种，并招募了一些中国茶工前来种茶和制茶。经过一番折腾，终于在1837年制成了第一批喜马拉雅山茶。由于广州的茶种以及制作工艺问题，这批茶虽然比初代阿萨姆茶强，但挑剔的英国人认为茶香不够浓郁，算不上顶级茶。英国东印度公司只好继续尝试从中国优质产茶区获取茶种和技术。

喜马拉雅山的茶虽然比不上中国茶，但品质不算差，英国东印度公司没有放弃它。1839年首批32磅印度茶叶被推向市场，此后销量缓慢增长，直到1875年，印度茶也仅占英国茶叶消费份额的16%。1848年，英国东印度公司雇佣曾在中国内地多省待了三年的“中国通”罗伯特•福琼前往中国获取茶种和茶叶技术。福琼花了三年时间，于1851年从武夷山带回12 838棵茶树苗、上万颗茶种、完整的红茶制作工艺技术，并招募了10名资深中国制茶师，制作出了与中国红茶一模一样的印度红茶。从19世纪80年代起，中国茶叶在英国的销量步步下滑，直到最后彻底被取代。

四、昙花一现的印度棉花三角贸易体系

不过，印度红茶取代中国茶叶是第二次鸦片战争以后的事了。在整个18世纪和19世纪前半叶，英国人还在头疼如何寻找合适的商品对冲茶叶进口带来的赤字。这时，棉花进入了他们的视线。印度是棉花种植大国，而中国自南宋末期以来棉纺织业发展迅速，到明清时期在江南一带已经形成以松江为中心的棉花种植和纺织发达地区，明代便有“买不尽的松江布，收不尽的魏塘纱”之谚，对棉花需求量很大。

1704年，一艘名叫“凯瑟琳”号的英国商船首次从印度运了1116担棉花到厦门碰碰运气，最后以每担5.5两白银售出。这次棉花贩卖纯属偶然，直到30年后，英国东印度公司在寻找适合中国市场的商品时想起这桩陈年往事，于是从1735年起，英国开始向中国进行规模性印度棉花贸易，到1768年，印度棉花在华销售额接近10万两白银，

1775年其对华出口量首次超过毛纺织品，成为英国对华出口第一大商品。1800年之后每年输入中国的棉花总量稳定在30万担以上，1817—1819年销售额更是达到年均452万余两白银，牢牢占据了中国进口商品销售额的榜首。

印度与中国类似，土地广大，物产丰富，在中国—印度的贸易关系里，中国需要印度棉花，但印度并不需要中国商品，所以印度处于贸易顺差地位。印度是英国的殖民地，于是英国东印度公司便精心打造了一个“印度—中国—英国”三角贸易体系，即英国将工业品运到印度换取棉花和棉布，再将印度棉花、棉布运到中国销售，最后从中国购买茶叶运至英国本土。与三角贸易体系配套的是一种以循环汇兑为主要方式的金融体系，目的在于减少直接支付现银的比例。1787年那次半途而废的外交之行，英国政府明确指示正使卡斯卡特：“购买总重量达2000万磅的中国草(茶叶)……我们为了购买它，用毛织品、棉花及其他对中国人有用的货物来交换。”可见棉花贸易的最终目的还是在白银尽可能不外流的前提下购买更多的中国茶叶。据统计，至1783年，通过三角贸易输入中国的白银共约272万两，从英国直接输送的不到1%。

看起来，这是挺不错的买卖，但由于中国也是产棉大国，印度棉花畅销与否完全看当年中国棉花的收成情况，中国棉花丰收，印度棉花滞销，中国棉花歉收，印度棉花畅销，波动幅度有时能达到33%。1770年左右，中国连续发生天灾，为了防止饥荒，清政府命令各地停止种植棉花，尽可能把所有农田都种上粮食，导致棉花价格飞涨，乐坏了英国东印度公司。

不过英国东印度公司很快就不快乐了。缺乏中国市场感兴趣的商品是所有欧洲国家的共同点，别的国家一看棉花在中国这么好卖，也纷纷跟风。1750年荷兰运棉1859担入广州；1769年荷兰954担，法国103担；1772年丹麦155担；1774年荷兰207担，法国4441担；1787年意大利4000担；1792年瑞典5452担……虽然都是小打小闹，比不上英国的大手笔，但有人争利总不见得是好事。1784年，刚建国的美国首次遣“中国皇后”号来华贸易，货物中有316担棉花，到1789年就骤然增加到17 411担，成为仅次于英国的第二大原棉输华国。

此外，运到中国的棉花也经常会被盗窃。英国东印度公司疑心窃贼与官府或行商有些联系，因为棉包是在官艇上被盗的，有时甚至明抢。1786年就发生过英国商船的印度水手被官艇上的中国船夫殴打并推落水中溺死的案件。1787年，一艘英国商船运了5204担棉花到广州，卸货时数目还对，运到商馆清点时发现只有4473担，而且棉包也被人动了手脚，底部被截短了约一英尺后再缝好。英国商人向粤海关告状，最后以行商共担损失赔偿告终。

另一边，清政府也动辄拿禁止贸易作为对外交涉的利器，不但禁止货物出口，也禁止货物进口。1777年，乾隆皇帝收到云南总督的奏报，说缅甸勃固人将棉花卖给英国人，以此让英国人支持他们反对中国，于是乾隆皇帝下谕这一年禁止棉花进口，也不准在广州销售，给出的理由是各国运来的棉花太多，影响到中国棉花的销售。禁令实施两个月后，勃固政府归顺清朝，并将扣押的人质放回，乾隆皇帝一条气顺了之后，这才让广东官员通知外商，可以进行棉花贸易了。

虽然有这样那样的麻烦，但总体上印度棉花在中国的贸易还是令人满意的，魏源在《海国图志》中提及的“邻地丰产棉花，大半运赴中国”，所指就是印度孟买。1820年前后，对华棉花贸易形势发生逆转，棉价低落，每况愈下。1829年，有10条满载棉花的外国商船在黄埔港停留了好几个月，因为他们一包棉花都卖不出去。广州的棉花市场一派萧条，1830年的局面尤其令人崩溃，广州棉花经纪人甚至试图阻止外国商船把棉花从船上卸下来。

棉花贸易疲软的原因有多种不同的解读，有学者认为根源还是在于中国和英国双方市场的制约。从中国这一方来说，进口棉花只是作为国产棉花的补充，随着棉花种植范围和面积的扩大，中国已经不太需要从国外进口了。在英国一方，本土棉纺织业的崛起需要大量棉花供应，印棉入华便与之形成原料竞争。广州棉花市场的萧条，既是因为中国已经不需要棉花，也是因为英国已经不愿再出口棉花。

鸦片渗透两百年

随着印度棉花时代的过去，英国东印度公司又开始寻找新的商品来扭转贸易逆差，这一次他们锁定了鸦片。鸦片是从草本植物罂粟里提炼出来的一种物质，原产于南欧及小亚细亚一带，传入中国的时间很早，一说是公元前139年张骞出使西域时，一说在唐代由阿拉伯商人传入中国，长久以来被当作镇痛药使用，典籍记载其名为“阿芙蓉”。

一、16—18 世纪鸦片逐渐渗入中国

1796年以前，鸦片贸易在中国属于合法贸易，按照药材类征收关税，进口量不大，价格昂贵，只有达官贵人才能用得起。明代中期，鸦片一度还被暹罗、爪哇、孟加拉等封贡国当作贡物献给皇帝。在很长一段时间，人们以吞服的方式使用鸦片，大家都知道适量使用可以起到麻醉镇痛的效果，但超过一定剂量则会致死，所以每次服用的量

都很微小，自然也不知道鸦片能让人成瘾。

大约在16世纪中叶，烟草由东南亚传入中国，随之一起传入的是爪哇人或苏门答腊人将鸦片与烟草拌在一起吸食的方式。德国医生甘伯佛耳在记录1689年的爪哇见闻时曾提道："咬留吧（今爪哇一城市）黑人吞服之外，复有一种以黄烟和鸦片之法，先取水入阿片中搅匀，以是水拌黄烟，竞吸取。"晚清李圭在《鸦片事略》中亦说："明末，苏门答腊人变生食为吸食，其法先取浆蒸熟，滤去渣滓复煮，和烟草叶为丸，置竹管就火吸食。"这种烟草鸦片混合物名为鸦片烟，其时在爪哇已经极为流行，有人在路边公开向路人兜售，谓吸食后可以让脑子更加灵活，甘伯佛耳也说："在巴达维亚，没有什么印度商品的销售比鸦片销售更能获利了。没有了鸦片，这些消费者将无法

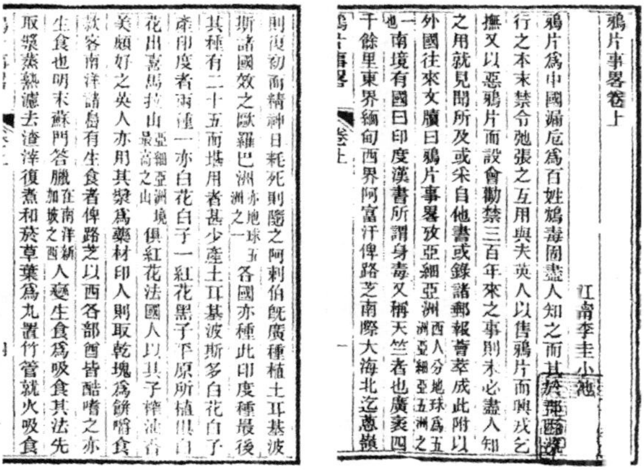
鴉片事畧卷上

江甯李圭小池

鴉片爲中國漏卮爲百姓鴆毒闔盡人知之而其
行之本末禁令弛張之互用與夫英人以售鴉片而興戎乞
撫又以惡鴉片而設會勸禁三百年來之事則未必盡人知
之用就見聞所及或采自他書或錄諸郵報薈萃成此附以
外國往來文牘曰鴉片事畧攷亞細亞洲西人分地球爲五洲亞細亞五洲之一
南境有國曰印度漢書所謂身毒又稱天竺者也廣袤四
千餘里東界緬甸西界阿富汗俾路芝南際大海北迄葱嶺

則復初而精神日耗死則隨之阿剌伯既廣種植土耳基波
斯諸國效之歐羅巴洲洲亦地球五洲之一各國亦種此印度種最後
其種有二十五而堪用者甚少產土耳基波斯多白花白子
產印度者兩種一亦白花白子一紅花黑子平原所植俱白
花出喜馬拉山亞細亞洲境最高之山俱紅花法國人以其子榨油香
美頗好之英人亦用其漿爲藥材印人則取乾塊爲餅嚼食
款客南洋諸島有生食者俾路芝以西各部酋皆酷嗜之亦
生食也明末蘇門答臘在南洋新加坡之西人變生食爲吸食其法先
取漿蒸熟濾去渣滓復煮和菸草葉爲丸置竹管就火吸食

《鸦片事略》书影

生活。”鸦片从吞服到吸食是其从药品转变为毒品的关键一步，但人们的认识更新并没有那么快，当时的人普遍将吸食鸦片烟当作一种消遣提神的方式，认为它或许有成瘾性，但和烟草应该差不多。

明代末年，荷兰人和前往爪哇一带经商的华人将鸦片烟带回台湾和福建地区，因处于明清更迭、战乱频仍之际，鸦片烟在进入中国几十年后也仅流布于闽台一带，清政府直到1683年彻底收服台湾和福建后，才对鸦片烟有所察觉。吸食鸦片烟的风气以台湾最盛。1721年，蓝鼎元随清军入台平定朱一贵叛乱，目睹“无赖恶少群聚夜饮，遂成风俗”，他还指出了鸦片烟的危害：“始以为乐，后遂不可复救，一日辍饮，则面皮顿缩，唇齿龇露，脱神欲毙，复饮乃愈。然三年之后，莫不死矣。”1724年，清代首任巡台御史黄叔璥向雍正皇帝述职时也提及台湾吸食鸦片烟的风气及由此引发的危害。1728年，广东惠州府碣石镇总兵苏明良以一道《严禁贩卖鸦片以拯民生折》痛陈鸦片烟之害，请求朝廷严厉禁止贩卖鸦片烟和开设烟馆。苏明良是中国第一个提出禁烟的人，值得历史铭记。

1729年，雍正皇帝颁布《惩办兴贩鸦片烟及开设烟馆条例》，将鸦片烟当作违禁品一类进行处理，对贩卖者枷号一个月，然后发边充军；对开设烟馆诱人吸食者则按传播邪教处理，依情节轻重分别处以绞监候、杖责和流放；对失察及充当保护伞的官吏，“照枉法律治罪，失察之汛口地方文武各官，并不行监察之海关监督，均交部严加议处”。这道禁烟令对贩卖者和监管者都有相应惩处规定，唯独漏掉了购买者和吸食者，亦未彻底封堵鸦片入华途径——仍旧可以通过正规渠道按药材进口鸦片并依法纳税，这就让以身犯禁的人有了托词。

禁烟条例颁布不久后，福建漳州商人陈远自广州贩得鸦片34斤，被知府李治国抓获，本拟判其充军，但陈远拒不认罪，坚称是作为药材买进。巡抚刘世明认可了这个说法，向雍正皇帝奏报称“夫鸦片为医家需用之药品，惟加入烟草始淫荡害人，为干犯禁例之物”。雍正皇帝居然也同意这一观点，命将鸦片退还陈远，并朱批“此皆小民贸易血本，岂可将错就错，夺其生计”。可见还是对鸦片危害性认识不够。

乾隆中后期，鸦片吸食法由混合烟草吸食演变为单纯吸食，使鸦片的成瘾性和危害性进一步增加，吸食鸦片之风亦渐从台湾及闽粤沿海向中国纵深地区扩散，同时还创制出一系列堪称艺术品的烟枪、烟灯、烟盒、烟榻等烟具，而抽鸦片的排场也越来越讲究——“饮时以蜜糖诸品及鲜果十数碟佐之”，“但吃此烟，必列肴馔、果品，相兼而食”，吸食纯鸦片在中国渐成风尚，嗅觉敏锐的外国商人从中窥得了商机。

印度和孟加拉是18世纪世界最大的罂粟种植地，鉴于鸦片烟在东南亚的流行程度，英国东印度公司于1773年获得鸦片专卖权，1780年垄断了鸦片运输权，又于1799年取得鸦片生产特权，全面垄断了鸦片的种植、生产、运输及销售。然而最早往中国出口鸦片的不是英国人，而是葡萄牙人，他们从印度和土耳其将鸦片运至中国，但数量不多，直到1767年之前，每年不超过200箱。18世纪中晚期，英国东印度公司注意到中国人对鸦片需求的增加，开始考虑从事鸦片贸易的可行性，这其中沃森上校和惠勒副董事长的意愿尤为强烈。

二、“嫩实兹”号：第一艘驶入广州的鸦片船

1782年，英国东印度公司的两艘商船——“嫩实兹”号和“贝特西”号分别装载着1600箱和1466箱印度鸦片到马来亚沿岸兜售，当时他们得到的指令是尽可能在东南亚把鸦片卖掉，倘若有剩余就运到广州去。这两艘商船刚卖掉十分之一的鸦片，便遭遇了法国军舰。“贝特西”号被拦截，“嫩实兹”号则逃往了澳门。由于当时中国已经明令禁止大宗鸦片贸易，“嫩实兹”号船长沃森上校原本打算在澳门处理掉这批鸦片，但英国东印度公司驻广州管理委员会认为澳门的鸦片处于滞销状态，要他务必去广州销售。

十三行制度规定外国商船到广州做生意必须有行商作担保，可由于“嫩实兹”号装载的是违禁品，十三行行商都不愿意出面担保。正在沃森上校一筹莫展之际，一个名

叫陈先官的行商出现了，主动购买了200箱约合2万斤的鸦片。这个陈先官是远来行老陈先官的儿子，老先官从事对外贸易诚实守信，价格公道，但他这个儿子却道德败坏，尽走歪门邪道。他是中国历史上第一个大鸦片贩子，很早便已经从事鸦片生意，很懂得如何与鸦片商人讨价还价，对怎样规避官府缉查也很有一套。他认为“嫩实兹”号停在澳门会引来官府查询，不如直接去广州黄埔港，粤海关上下一片腐败，只要打点得当，断不会受到为难。当时的总商潘振承亦深以为然。

在陈先官和潘振承的协助下，“嫩实兹”号顺利泊入黄埔港，但剩下的鸦片却卖不掉。沃森上校在广州待了一个季度，最后不得不将全部鸦片以每箱210银圆的低价打包赊给陈先官，不但没赚到钱，反而亏了54 627银圆——这还是在陈先官能兑现欠账的前提下，他打了294 000银圆的欠条。“嫩实兹”号到广州是英国东印度公司首次对华鸦片投机行为，虽然大大亏本，但也算打开了对华鸦片走私的通道，为19世纪初鸦片在华泛滥提前做好了准备。

19世纪，将鸦片贩运至中国是世界上最赚钱的生意，但在18世纪，尽管鸦片的吸食方式发生了变化，可距离全民流行尚需时日，因此这个时期鸦片在中国并不好卖，最大的鸦片消费市场在东南亚。陈先官买下“嫩实兹”号上的全部鸦片，发现在国内找不到销路，只好运到东南亚去卖，不料被海盗劫掠，几乎倾家荡产。走投无路的陈先官将远来行作价

1万银圆卖给了原同文行的账房先生伍国莹——19世纪世界首富伍秉鉴的父亲。伍国莹在知情或是不知情的情况下，将陈先官的债务和贸易网也一并接收下来，它们都与鸦片有着千丝万缕的联系，这导致后来伍家的怡和行也与鸦片贸易和鸦片商人有着说不清的牵扯，林则徐在广州禁烟，伍家因与鸦片商人来往密切，受尽羞辱。

随着吸食鸦片风气的蔓延，1796年嘉庆皇帝刚登基不久，便下令将鸦片列为违禁物，停止对鸦片征税，彻底禁绝鸦片进口。从此鸦片贸易不再合法，一律视为非法走私。嘉庆皇帝在位期间曾五次下令禁烟，其中1800年谕令严查鸦片走私，并禁止国内栽种罂粟，1813年颁布了中国历史上第一道惩办鸦片吸食者的法令，并对盘踞在澳门的鸦片贩子采取严厉措施。这些侧重点不一但最后都指向鸦片贸易的禁令，表明此时的中国，鸦片已经流毒甚广。

三、英国东印度公司的“黑手套”

英国东印度公司虽然将鸦片的种植、生产、运输和销售特权拢在手里，但它从鸦片对华直接贸易中获利不多，以1767年为例，英国东印度公司输入中国的鸦片为1000箱，1790年为2000箱，到1796年之后则停止了对华直接出口鸦片，原因是1796年嘉庆皇帝禁止在中国进行鸦片贸易，作为一个合法的“主权公司”，它的商业法则之一是“任何商业不能违反所在国的法律”，不能够干违法的事，至少在明面上要遵纪守法。但鸦片贸易利润如此巨大，英国东印度公司不可能完全放弃，所以“港脚商人”和“私商”就粉墨登场了。

早在以印度棉花和茶叶为主角的三角贸易时期，“港脚商人”和“私商”就已经存在了。英国东印度公司自成立以来，一直把持着独家特许经营权（对外贸易垄断特权），这个特权与十三行的某些权力有些类似，排他性极强，不许英国东印度公司以外的其他公司和商人染指。然而对华贸易利润很高，尤其是茶叶，所以总有胆大的商人和公司从事走私贸易。英国东印度公司发现走私难以禁绝后，干脆因势利导，化为己用。他们将走私行为加以规范化，向一些资质不错的私家商船颁发特许状，允许其持东印度公司的特许经营执照来往于印度和中国之间经商，这就是“港脚贸易”。

从事港脚贸易的商人叫作“港脚商人”，主要是在印度经商的英国人和印度巴斯商人。这些人常年奔波在中印之间，在私人贸易还没合法化之前，与中国官方、十三行及英国东印度公司斗智斗勇，江湖经验极为丰富，早就练就了一身经营本事，再加上这些商船规模普遍不大，船小好掉头，又不像英国东印度公司那样囿于官商性质，商业决策难免受政治策略影响，他们灵活经营，善于投机，只要市场有需求，各种买卖都能做，所以基本都能实现对华贸易顺差。从1764年到1800年，港脚贸易呈现迅速增长的趋势，最后竟然达到英国对广州贸易总额的30%。

除了港脚商人，还有一类“私商”，本身即是英国东印度公司商船的高级职员，包括船长、大班等。在英国东印度公司商船工作的人员薪水并不高，公司为了保证航行和贸易的成功，允许这些高级职员随船携带一些私货进行贸易，所得利润全部归个人所有。此项举措大大提高了船长和大班们的工作积极性，在利益的驱动下，他们不遗余力地开拓市场，寻找最好的价格，从而达到自己和公司双赢的局面。这类私人贸易所占比重也不小，其贸易额在1764—1800年间，占英国对广州贸易总额的15%左右。港脚贸易和私商贸易的存在，在一定程度上缓解了东印度公司因对华贸易逆差而产生的资金困难。

英国东印度公司停止直接对华出口鸦片后，干了两件事：一是获得鸦片生产特权，专注于针对中国市场的喜好研发适合中国人口味的鸦片，而且像任何一家“良心”企业一样，极为重视产品质量，为此不惜减少和限制产量。英国的一个鸦片检查官曾提到，中国人通过鸦片受热水浸泡后剩余物的比例来鉴定鸦片品质，同时他们偏好纯净而猛烈的味道，所以英国东印度公司在孟加拉致力于采用各种方法保持鸦片原味和提高其在热水中的可溶性，其研究态度堪称科学而严谨。

二是向港脚商人颁发鸦片贸易特许执照，港脚商人遂成为19世纪英国对华鸦片走私贸易的主力。和英国东印度公司相比，这群港脚商人以逐利为最高目标，面对庞大的中国市场，他们行事无所顾忌，不择手段，因此嘉庆皇帝下令禁烟后，鸦片贸易不仅没减少，反而迅速发展，不降反升。1813年，英国议会先是取消了英国东印度公司对印度的贸易垄断特权，又于1833年通过了《1833年东印度公司特权法案》，取消公司包括对华贸易特权在内的全部贸易特权，并撤销其贸易机构，这意味着英国东印度公司也一并丧失了对鸦片的所有垄断特权，鸦片贸易发展势头愈发迅猛。1796年前后，英国每年输入中国的鸦片约为4000箱，到1839年鸦片战争前夕已达到40 200箱，增加了9倍有余，大量的白银从中国流出，英国凭借鸦片贸易，一步步拉近了与中国的贸易差距。

四、生财有道的中国官员

如果说英国东印度公司对于鸦片贸易还算有所节制，那么在英国政府全面放开对华鸦片贸易后，港脚商人和私商的疯狂让鸦片贸易趋向失控。为了应付粤海关稽查和广东水师，港脚商人们的鸦片船起初伪装成普通商船，将鸦片偷运至广州贩卖。1821年，两广总督兼粤海关监督阮元严厉打击鸦片走私，加上澳葡当局于1805年宣布禁止鸦片进口，对鸦片贩子来说，澳门与黄埔锚地已不再安全，于是干脆以珠江口外的外伶仃岛为据点进行鸦片批发。

他们发明了一种“趸船”（海上鸦片仓库）专门用来储存鸦片，船高三四层，长度从四五十米到上百米，可存鸦片1000箱左右。趸船配有强悍的武器装备，集防御、仓储、贸易和生活于一体，完全不惧清朝水师上门找麻烦。伶仃洋蕉门外的海域，水路四通，港脚商人将七八艘趸船常年停泊于此，他们稳坐船上，等中国鸦片包买户（时人谓之“窑口”）凭借从夷馆用白银兑换的提单上船提货，自雇快蟹船将鸦片运回广州批发零售，利润极高而风险极低，他们管这套营销系统叫作“伶仃系统”。

至于那些中国鸦片包买户也不太怕广东水师，因为他们用来运载鸦片的快蟹船是一种经过改造的特殊船只，船体狭长，两舷各有数十支船桨，划动时犹如蟹爪张舞，速度极快，在水面上犹如飞行一般，海防水师的战船根本撵不上，故而得名“快蟹船”。即便运气不好被抓住，有银钱开路也无须担心。清朝吏治腐败极为严重，鸦片的高额利润仿若催化剂，进一步加剧了广东官场和粤海关的贪腐，从上到下几无例外。

嘉庆皇帝下令禁烟之后，广东官吏迅速找到了发财致富的新捷径——向英国鸦片贩子收取保护费。据说广东水师每个月打着上趸船检查的名义收取保护费，每箱鸦片5个银圆，每逢大力禁烟的时节价格就升至10个银圆，可谓明码标价，童叟无欺。收了保护费，自然要为鸦片贸易保

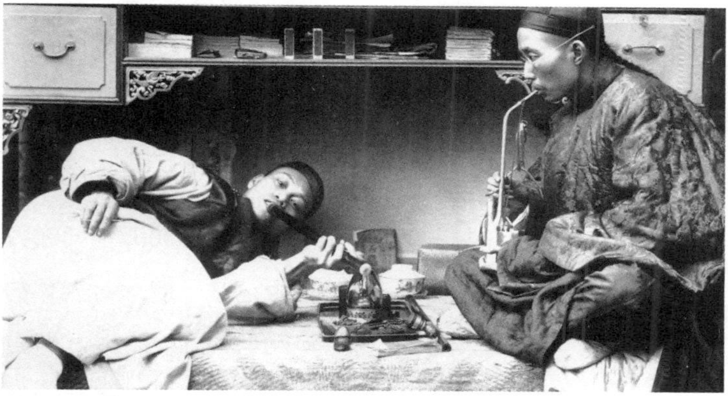

晚清鸦片瘾君子

驾护航，广东水师不但对鸦片走私大开绿灯，有时还会派船护送走私，甚至干脆直接下场用水师战舰运送鸦片。有的官员为了立功升官，还有奇葩操作。比如广东水师副将韩肇庆与英国鸦片商人谈好，在将鸦片安全护送到目的地后，每万箱抽取数百箱上缴邀功，以示自己禁烟得力，后果然被擢升为总兵，为头上顶戴添光加彩。

这条官商勾结的利益链养肥了很多大清蛀虫。据魏源记录，光广东水师巡船每月收到鸦片商人的“孝敬”就达白银36 000两。英国政府蓝皮书亦称：“在过去二十年中，中国高级官吏与政府人员，对于鸦片走私公开地默许，前任和现任巡抚都从中取利，听说北京的军机处也暗中允许。”在这样的纵容和勾结下，闽粤成为鸦片泛滥重灾区，至19世纪30年代末，两省吸食鸦片的成年人比例高达90%，令人触目惊心。

鸦片的大行其道对中国社会造成了全方位危害。最直接的就是摧残了中国国民的身体和意志。据《茶叶与鸦片》估算，19世纪后期中国的鸦片吸食人数大约在2000万左右，占总人口的4%—5%，其中上瘾者约300万—500万人。清代学者俞蛟在《梦厂杂著》中记载了鸦片对人体的戕害："瘾至，其人涕泪交横，手足委顿不能举，即白刃加于前，豹虎逼于后，亦唯俯首受死，不能稍为运动也。故久食鸦片者，肩耸项缩，颜色枯羸，奄奄若病夫初起。"吸食鸦片成瘾之人，根本无心生计和生产，将几乎全部钱财都拿去购买鸦片，这不仅让他们生活日益困顿，也导致社会购买力的下降，从而使很多行业陷入疲敝状态。苏州、汉口一带原本是国内贸易发达之地，集中了很多商家铺户，但由于鸦片泛滥，在道光年间各种货物交易量下滑严重，成交额仅有过去的一半左右，另一半银钱全流向了鸦片贸易。

经济方面，鸦片贸易造成了白银大量外流。19世纪30年代道光皇帝统治时期，中国每年外流的白银高达500万—600万两，导致银贵钱贱。清代顺治时期，一两白银合铜钱1000文，至康熙、乾隆两朝，因开放对外贸易，清朝长期处于顺差地位，银价相对低廉，一两白银可兑换770—880文铜钱；道光十六年（1836）之前，银价已升至1300—1400文铜钱；到了道光十七年，需要2000文铜钱才能换一两白银，而咸丰、同治时期白银价格进一步高企，最多时可兑换5000—6000文铜钱。由于中国采用银本位制度，民众日常生产交易和生活使用铜钱，但缴税必须使用白银，白银与铜钱的兑换比率提高之后，在税费不变的前提下，民众需要支付更多的铜钱兑换白银，物价飞涨，民生维艰，身上的负担愈发沉重。

五、道光皇帝发起世界上第一次大规模禁烟运动

1820年，道光皇帝即位。这是一位对鸦片危害有着切肤之痛的皇帝——他年轻时曾吸食鸦片，几乎成瘾，后忽有醒悟而戒除，但他的儿子、后来的咸丰皇帝又是一个鸦片瘾君子。早期鸦片价格昂贵，吸食鸦片的多半是家底厚实不缺钱的达官贵人。随着英国东印度公司在印度和孟加拉等地罂粟种植规模的扩大，鸦片价格愈发“亲民”，很多贩夫走卒都可以走进烟馆抽上几口。道光皇帝在位期间，鸦片的泛滥已经引发严重的社会问题，吸食鸦片者遍及社会各个阶层，尤其以军队衙门最为严重。1832年，广东连州瑶民发动起义，两广总督李鸿宾带领六千清军镇压，被瑶民打得死伤惨重。户部尚书禧恩奉命驰援，平定起义后回朝奏报，称之前屡吃败仗、剿匪不力是因为广东士兵普遍吸食鸦片，身体素质变差，连翻山越岭都困难，更不用说作战了。御史冯赞勋亦附和此观点，建议要在军

队严查，禁止吸食鸦片，否则长久以往，朝廷没有可用之师守疆卫土，国家将被置于险地。

印证冯赞勋说法的是自1830年起各地如雪片般飞来的关于鸦片危害国家财政和社会的奏报，但其中也夹杂着不同声音。当时闽粤一带的地方官员和士绅，在目睹了进口鸦片如何在市场上大行其道、屡禁不止后，得出“弛禁”的结论，其底层逻辑核心是“堵不如疏”。

1834年10月，两广总督卢坤向道光皇帝上奏，他认为道光皇帝下令驱逐停泊在外伶仃岛的鸦片趸船是不可能做到的，为了佐证，他把广东官绅关于鸦片的三种议论也收集起来，作为奏折的附片一并上报。议论一提议将鸦片纳入正常贸易范畴，提高其关税，并且只允许以货易货，这样就能防止白银大量外流；议论二是鼓励国内民众大力发展鸦片种植和生产，以本土鸦片斥退进口鸦片，中国白银留给中国人赚；议论三则干脆建议闭关，断绝所有对外贸易，把所有问题都挡在国门之外。这三种议论的关注重点都在于鸦片之利不在于己而在于夷，对鸦片的危害只字不提，商人重利、官员懒政、社会显贵阶层短视无知的乱象，由此可见一斑。

面对两种截然相反的态度，道光皇帝显得十分犹豫。他当然知道鸦片的危害，但认识并没有那么深刻，处在这个国家的顶端，他看不到也听不到社会底层的悲惨，但鸦片带来的关税收入却是实实在在的。道光皇帝很看重粤海关的收入，因为鸦片贸易的存在（历代皇帝的禁烟令形同废纸），粤海关每年都能向他输送高达百万两白银的关税和报效，而且这个数字还在逐年增长，道光皇帝很舍不得自己的钱包受损。因此在道光前期，虽屡有禁烟措施，但基本都流于形式，一方面早已经和英国鸦片贩子沆瀣一气的地方官员不会认真执行，另一方面道光皇帝自己也三心二意。然而随着鸦片日益泛滥，以及朝中两派观点越发撕裂，道光皇帝必须作出一个决断了。

1836年4月27日，太常寺少卿许乃济上奏《鸦片例禁愈严流弊愈大亟请变通办理折》，正式提出弛禁鸦片的建议，其核心共有三点：一、“准令夷商将鸦片照药材纳税，入关交行后，只准以货易货，不得用银购买”；二、“至文武员弁士子兵丁等，或效职从公，或储材备用，不得任令沾染恶习……如有官员士子兵丁私食者，应请立予斥革，免其罪名，宽之正所以严之也”；三、“宽内地民人栽种罂粟之禁……内地之种日多，夷人之利日减，迨至无利可牟，外洋之来者自不禁而绝”。道光皇帝对许乃济的奏折未置可否，只是下令让朝中高级官员讨论。弛禁派和严禁派以各种形式进行辩论，这一讨论就是两年。在朝廷官员就鸦片禁与弛的问题来回拉扯之际，英美鸦片贩子也在密切关注这场讨论。

当时从事鸦片贸易最大的外国公司有三家，分别是英国的查顿—马地臣公司（今怡和洋行前身）、宝顺洋行以及美国的旗昌洋行，其中查顿—马地臣公司创办了《广州纪事报》（1827年），宝顺洋行的颠地则创办了《广州周报》（1835年），这两份报纸除了宣扬英国的殖民政策，鼓吹不平等贸易之外，还逐月发布鸦片贸易的详细统计数据以及年度贸易报告，以便为鸦片贩子们提供参考。许乃济的弛禁论调，对英美鸦片贩子而言是利好消息。奏折递交没多久，《广州纪事报》就设法获悉了奏折内容，并全文刊发。查顿—马地臣公司的老板之一查顿认为这份奏折应该会得到批准，届时鸦片贸易的合法化必将让他们的事业更进一步，他们为之欢欣鼓舞，翘首以待。

1838年6月2日，鸿胪寺卿黄爵滋上《请严塞漏卮以培国本折》，力陈鸦片之危害，指出“耗银之多，由于贩烟之盛；贩烟之盛，由于食烟之众”，直击过去鸦片屡禁不绝的症结所在，主张加大处罚力度，而且要重治吸食者。湖广总督林则徐、两江总督陶澍、湖南巡抚桂良、湖北巡抚张岳嵩、安徽巡抚色卜星额等表示支持，并在黄爵滋建议的基础上进行补充和修正。道光皇帝大为震动，终于下定决心禁烟。

1838年6月和9月，道光皇帝先后颁布了《钦定严禁鸦片烟条例》和《著步军统领衙门及各直省督抚严惩烟贩吸烟人犯》，首次提出内外并治的方针，在严惩鸦片走私和开设烟馆的同时，对吸食者也要问罪。湖北巡抚张岳嵩对此解读到位：“修内禁者，当以严吸食为先，御外来者，仍以严海口为要。”《钦定严禁鸦片烟条例》是中国历史上第一部综合性的“禁毒法典”，道光皇帝命人将在此之前清朝历代所有与禁烟相关的法规条律集纳起来，整理出39项条例，规定所有吸食鸦片者必须在一年半内戒除毒瘾，凡不能戒者将判处绞监候，贩卖鸦片、开设烟馆、容留他人吸烟者以及包庇贩毒的官员全部斩立决，为国内走私提供货源的洋人，首犯斩立决，从犯绞立决，可谓中国古代历史上最严厉的禁毒令。这两条谕旨拉开了一场全国性禁烟运动的序幕，这也是中国历史乃至世界历史上的第一次大规模禁烟运动。

鸦片战争与十三行巨变

1838年10月初，湖广总督林则徐上奏《钱票无甚关碍宜重禁吃烟以杜弊源片》以呼应黄爵滋的《请严塞漏卮以培国本折》，其中警世之语至今振聋发聩："当鸦片未盛行之时，吸食者不过害及其身，故杖徙已足蔽辜，迨流毒于天下，则为害甚巨，法当从严。若犹泄泄视之，是使数十年后，中原几无可以御敌之兵，且无可以充饷之银。"这番话宛如一把火，点燃了道光皇帝的熊熊斗志，他在当年12月宣林则徐进京，在八天里连续召见后者八次，共同商讨禁烟大计，预备以雷霆手段将法令逐一落实，彻底禁绝烟毒。

一、林则徐广东禁烟

1839年1月，林则徐被任命为钦差大臣，前往广东查禁鸦片，至3月10日抵达广州。此时，全国禁烟成果颇为喜人，自1838年禁烟运动正式开展以来至1839年4月，全国除广东外共抓获烟贩4111人，收缴鸦片588 179两。而广州因是一口通商之地，大量中外烟贩集中于此，与官员、行商勾结日久，势力盘根错节，禁烟阻力尤其大。例如1838年10月26日，广州烟贩团伙头子何老近在十三行广场被处决时，有外国商人和水手冲进刑场阻挠，并将刑场毁坏；1839年2月26日，广州官方在十三行商馆前十字街头绞死烟贩冯亚根，外国人居然下旗致哀，公然挑衅中国禁烟行动。

可以说，林则徐这份钦差的差事一点都不好做。他到达广州后，立刻与两广总督邓廷桢、广东水师提督关天培等整顿海防，严拿烟贩，严惩受贿充当保护伞的水师官兵。林则徐捉拿鸦片贩子的首要目标是查顿（又译威廉·渣甸）、马地臣和颠地。这三人是中国历史上最臭名昭著的三大英国鸦片贩子，在广东一带活动皆有十数年，把关系经营得十分深厚。查顿听闻林则徐赴粤，于1839年1月从广州跑到澳门，随即坐船回国。马地臣和颠地则留在广州没走。马地臣一开始很强硬，拒不交出鸦片，林则徐下令将他困在广州商馆中，切断物资供应，马地臣很快便屈服了，交出7000箱鸦片，后被林则徐驱逐出境。

颠地是“著名贩卖鸦片之奸夷”，据说广东鸦片交易多半是由他经手。此人行事十分张狂，倚仗着英国驻华商务监督义律的支持，公然煽动、组织鸦片贩子们破坏禁烟运动，同样被林则徐围困在商馆中动弹不得。当时义律

颠地

查顿

马地臣

亲自从澳门赶来，想要将被困在商馆中包括颠地在内的数十名鸦片贩子接走，在他走进商馆后，林则徐立刻下令撤走商馆里全部中国服务人员，停止一切食品供应，同时封锁港口，禁止外国商船出入。5天以后，在义律和十三行行商的斡旋之下，颠地交出1700箱鸦片，同时具结了一份“嗣后来船，永不敢夹带鸦片，如有带来，一经查出，货尽没官，人即正法，情甘服罪”的保证书——就如同他的前辈威德尔在1637年干过的事一样，自然，他也同样没有信守承诺（1637年，英国人威德尔驾商船“伦敦”号进入珠江水道，与明朝广州当局发生武装冲突，后写下保证书才被允离去）。

在林则徐与外国鸦片贩子较量期间，十三行行商因为保商制度的约束，也被牵连在内，尽管《东印度公司对华贸易编年史》和《广州番鬼录》中都明确说过：没有一位广州行商愿意去干鸦片买卖。现在的人们说起林则徐广州禁烟，总会提到世界首富伍秉鉴和他的儿子伍崇曜受到了何等的委屈。林则徐到广州后，按照清政府惯例不直接与外国商人接触，而是通过十三行行商代为传话，并且要求他们协助处理收缴鸦片相关事宜，这件事情吃力不讨好，但伍崇曜作为十三行总商，也只能硬着头皮承担下来。

起初，行商和鸦片贩子们都低估了林则徐禁烟的决心，有着韩肇庆这样的贪官在前，他们以为象征性交点鸦片，让钦差大人能够向皇帝邀功就行了。折腾了三天，洋人不情不愿地交出一些，伍崇曜又自掏腰包从洋人处买了一些，凑了1037箱鸦片打算把这事糊弄过去。不料林则徐一到广州便明察暗访，又在粤秀书院、越华书院和羊城书院召集了645个学子入贡院搞问卷调查，早就摸清了在广州的外国烟商以及贪污官吏的名单，见行商和洋商胆敢串通起来欺骗自己，立刻下令包围商馆，将伍崇曜抓进监狱，还让伍秉鉴披枷带锁前往宝顺洋行商馆哀求颠地交出鸦片。可怜伍秉鉴曾花一大笔钱为自己买了个三品官虚职，原本指望着能为自己和伍家增添点政治砝码，没想到在真正的官员面前一点分量都没有，即便富可敌国，在当时中国传统社会中，他依然是那个排在末等的卑微的“商”，一旦出事便地位全无。尽管后来经过一番打点，伍崇曜最终获释，但伍家的名声已经严重受损。

不过，伍家遭此对待也并非全然无辜。十三行行商作为清政府与外国商人之间中介的性质，决定了他们在两方发生冲突时多会摇摆不定和首鼠两端。就拿伍崇曜来说，他一方面为林则徐禁烟奔走，一方面也在替外国商人想办法过关，甚至在林则徐下令派兵封锁商馆时，还偷偷给外国商人送水送食物。而林则徐威胁要杀伍秉鉴也不为无因——伶仃岛上最大的鸦片趸船“伶仃”号的船长、美国旗昌洋行职员罗伯特•福布斯是他的义子，为了扶持义子的事业，伍秉鉴曾向他提供过关于鸦片行情、销售渠道和清政府发布的各类相关条规的消息。十三行的每个行商都有自己相熟的外商，他们虽然没有直接参与鸦片贸易，但类似伍家这样的事，多少都会沾染一些。后人脱离当时的背景，仅凭几句记载就为其鸣不平，实在是大可不必。

解决了马地臣和颠地之后，收缴鸦片一事变得顺畅了许多，至1839年5月，广东省收缴英美商人鸦片19 000多箱，约合118.8万多公斤。同年6月3日起，林则徐下令将全部鸦片集中在虎门海滩公开销毁，销毁行动持续20多天，这便是举世有名的“虎门销烟”。

二、隐藏在第一次鸦片战争背后的细节

查顿逃回英国后，得知中国的禁烟运动几乎毁掉了他的鸦片生意，便前往伦敦，打算游说英国政府出兵中国。1839年9月，他带着包括中国沿海地图在内的大量情报及资料秘密拜会外交大臣巴麦尊，两人就发动侵华战争的种种

细节问题进行了讨论。巴麦尊是个强硬派，一直奉行对内保守、对外扩张政策，两次鸦片战争和镇压太平天国运动就出自他的手笔。此人早在1833年就开始谋划侵略中国，禁烟运动和查顿提供的情报正好为他提供了发动战争的借口。1839年10月，巴麦尊根据义律关于林则徐禁烟的报告和查顿的情报，在内阁会议上说服众人派遣军舰封锁中国沿海。1840年6月，英国对中国发动了第一次鸦片战争。

第一次鸦片战争分为三个阶段。1840年6月到1841年1月为第一阶段，英军封锁珠江口，占领定海，而后北上天津泊于大沽口外。直隶总督琦善受命前往大沽口与英军谈判，答应只要英军返回广东就撤职查办林则徐、邓廷桢等人，英军乃还。道光皇帝以“办理不善”的罪名将林则徐革职，随即任命琦善为钦差大臣，到广州与英国人谈判。因清廷没有全盘答应英国人的要求，英军突然发难，先于1841年1月7日攻占珠江口的沙角、大角炮台，后单方面抛出《穿鼻草约》，声称琦善已经签下协定，同意将香港本岛及港口割让给英国、赔偿烟价600万银圆、开放广州等条件，然后强占了香港。

事实上，琦善仅口头答应了割让香港，并未在《穿鼻草约》上签字。清政府得讯后于1841年1月27日对英宣战，并任命御前大臣奕山为靖逆将军前往广州坐镇指挥，战争进入第二阶段。英军抢在奕山到达广州之前占领了虎门和广州以南各炮台，兵临广州城下，关天培便是在此役以身殉国。奕山于农历三月二十三日到达广州，四月初一夜调1700余人出城试图火攻英军舰船，因英军早有防备而未能成功。四月初四下午，英军开始攻城，奕山抵挡不住，于四月初六派广州知府余保纯出城求和，签下了《广州和约》，答应撤军、赔钱。

在《广州和约》里有一项支付600万银圆“赎城费”的条款，这笔钱的三分之一由行商承担，其中伍家掏了110万银圆。其实不仅是赎城费，第一次鸦片战争伊始，行商们就向朝廷贡献了很多军费，出资修建堡垒、建造战船、制作大炮，甚至为议和斡旋于交战双方之间，然而依旧无法逆转清军的劣势，更惨的是赎城之举并未给行商带来任何好处，反而饱受非议，背上“汉奸”骂名。

巴麦尊对《广州和约》并不满意，他认为义律还是太软弱，没能争取到更多利益，于是改派璞鼎查为全权公使，又增派援军，战争进入第三阶段。1841年8月—1842年8月，璞鼎查带领英军先后攻占厦门、定海、镇海、宁波、吴淞口、镇江，最后陈兵南京江面。盛京将军耆英等奉命赶到南京进行和谈，于1842年8月29日在英国战舰“皋华丽”号上与璞鼎查签订了中国近代史上第一个不平等条约《南京条约》，第一次鸦片战争就此结束。

英国人以武力强行敲开了中国的大门，《南京条约》共13款，除了割让香港与赔款2100万银圆外，最值得注意的就是五口通商、协定关税以及废除公行制度。至此，行商再无垄断对外贸易的特权，十三行名存实亡，上海则因更靠近茶叶和丝织品的核心产区，以及拥有更好的消费市场而成为新的外贸中心。

此时我们再回望1793年马戛尔尼出使北京，便不难发现今人指责乾隆皇帝盲目自大有多傲慢，把这一次外交失败的原因归于“礼仪之争”或“文化冲突”有多肤浅。在这个时间段，英国东印度公司已经在向中国输送鸦片，而马戛尔尼出使中国之前曾在印度马德拉斯担任总督，他十分清楚鸦片在印度贸易中占据的地位越来越重要，他与英国内务大臣郭达斯一致认为，印度的前途取决于中国。结合马戛尔尼向乾隆皇帝提出在中国自由贸易的请求，不难得出此举是为将来鸦片自由贸易提前铺路的结论。同时，英国也并没有表现出来的那么友好单纯。差不多在派出马戛尔尼使团的同时，英国向尼泊尔廓尔克人提供武器装备，让他们进攻西藏，同时还煽动西藏人叛乱，以便将西藏纳入其势力范围。所幸入侵和叛乱都被清朝军队迅速击退平息，然而种种迹象已经足以说明英国人用心险恶。出于对英国的不信任感，乾隆皇帝拒绝马戛尔尼一切请求是明智之举，正如《帝国的政治话语》所说：“当印度和周边的东南亚国家一个接一个沦为英国殖民地的时候，清政府的这项政策其实比较成功地抗拒了英国的殖民野心。”

三、茶叶贸易增长：意料之外又意料之中

第一次鸦片战争之后，茶叶仍旧是中英贸易里出口商品的大宗。从一口通商（广州）变为五口通商（广州、厦门、福州、宁波、上海），不仅增加了进出口贸易口岸，而且比之广州，其他四口更靠近茶叶原产地，不同产区的茶叶可选择就近出口，不需要再山长水远地运到广州，交通变得十分方便，“均一水可通，脚价减省，商贩争趋”。这其中，尤以上海强势崛起，成为新一代茶叶贸易中心。当时安徽的绿茶先在屯溪集中，然后经新安江过杭州运至上海；深受外国人喜欢的祁门红茶亦是取道屯溪或九江，同样以上海为终点站；杭州、苏州、浙东一带江南茶区的茶或往宁波，或往上海，运输时间均在十日以内；而福建茶则多就近由福州出海，全都远比将茶叶运到广州省时省力。在这种情况下，广州的贸易地位大不如前，上海、福州则成为新的茶叶口岸。以1856年为例，上海出口茶叶44.5万担，福州30.7万担，两处出口数合起来约占全国海运出口量的77%。

《南京条约》废除公行制度的条款，让十三行名存实亡，随之而来的是旧式外贸体系的解体和新的外贸体系的形成。在十三行时代，茶叶的对外贸易结构是“茶农—外销茶商—十三行—外国洋行”，茶农不直接接触市场，由外销茶商负责在当地收购和运输；而外销茶商也不能直接

接触外国洋行，所有茶叶必须与十三行行商交易，之后由行商和外商再行贸易。由于链条过长，每个环节上都需要分润，因而茶价层层加码，最后到外国商人手上的茶叶价格十分昂贵，第一次鸦片战争前中国每担茶叶出口均价在40两以上，可谓暴利。

十三行失去垄断优势之后，茶叶贸易结构变成“茶农—茶行—洋庄茶号—茶栈(近代经营茶叶的中间商)—洋行”。外国商人不再受制于十三行，可以自由前往茶叶产区采购茶叶，由此出现了一批受雇于洋商（或自主行动）、带着现钱直接到茶区向茶农收购茶叶的人——“承示茶贩多系大商，现又多领洋人本钱”（胡林翼《胡文忠公遗集》）。他们在当地开办茶行，不但开秤收茶，也会接待外地来的茶贩，介绍他们与当地茶号交易，带有过去牙行的性质。

茶号即精制茶厂，将毛茶收购回来后进行深加工，包括打上商标、制作包装物料进行产品包装等，然后装箱运输至茶栈。茶号大体分土庄茶号和洋庄茶号两种。设于内地或产茶区的土庄茶号可以进行精制茶的出口贸易，而设在上海、福州等大商埠的土庄茶号，则大约只能从事国内销售；洋庄茶号，顾名思义，专门做茶叶出口生意。

不过洋庄茶号也不能直接和外国商人打交道，而是要通过茶栈进行贸易。茶栈是第一次鸦片战争后应运而生的一种贸易机构，大多数设于通商口岸，其功能与十三行略有相似，即都是外国商人与中国商人之间的中介或代理，以此赚取佣金，同时也有自营业务，比如茶叶、丝织品、鸦片等，但茶栈不承担政治任务，只处理进出口业务，这是它与十三行最大的区别。

所谓“栈”，指的是存放货物的场所。茶栈自备宽敞的货房仓库，以便为出口茶商提供茶叶仓储，并帮忙联系洋行进行交易，通过收取茶叶存放管理费和交易佣金获得利润。换句话说，让尽可能多的茶商在自己的茶栈尽可能多地存放茶叶，并尽可能在自己的牵线搭桥下完成贸易，是茶栈生存的根本。所以发展到后面，茶栈开始向茶商及茶号提供借贷服务，赶在每年新茶上市前到各地贷款给茶号，一方面鼓励他们扩大毛茶收购和生产，另一方面通过这种方式预先取得茶叶收购权。通常来说，茶栈自己并没有那么多本金，它放贷的资金来自钱庄信贷，而钱庄多半又是向外国银行拆借。钱庄向茶栈放款收取利息一分，茶栈转而给茶号放款则收息一分五厘左右。通过放贷，茶栈、钱庄和外国银行都获得了不同程度的利润。

由于茶叶在海外有着巨大的消费市场，一俟中国口岸开放，外国商人立刻掀起抢购中国茶叶的狂潮，“洋商雇人分赴产茶各省地方收买红茶，行销各国，议价颇昂”，“茶之出海者不可用计”，由此促进了茶号和茶栈的诞生与发展。而在各种茶栈如雨后春笋般层出不穷的同时，福建、湖南、江西、安徽、台湾等产茶区的茶叶种植也一再扩大，同治时期《平江县志》中提及湖南“道光末年，红茶大盛，商民运以出洋。岁不下数万金”，“泉流地二，凡山谷间向种红薯之处，悉以种茶”；福建民国《建阳县志》载：“清季自五口通商，民竞业茶”……推动第一次鸦片战争后中国对外茶叶出口呈现出飞跃式增长。据统计，第一次鸦片战争之前，中国整体对外出口茶叶约为每年2万吨，1844年达到了3万吨，此后茶叶出口数量逐年增长，至1860年第二次鸦片战争结束，出口数达到约5万吨。

回头再看广州，虽然十三行风光不再，然而生意还得继续。头脑灵活的十三行行商们纷纷将洋行改为茶叶行栈，继续从事茶叶和丝织品生意。《广东十三行考》里提到：“鸦片战起，洋行制度（即公行制度）隳坏，然十三行犹复改称茶行，继续营业，至咸丰一火始替。”寥寥数语便将第一次鸦片战争之后的十三行历史进行了高度概括。

上海虽然势头渐猛，但不少常年与广州行商打交道的外商认为新商不如旧商可靠，故而还是沿袭十三行时期的规矩，仍旧找熟悉的那十几家洋行做生意以及租赁商馆仓库。这让旧行商们大受鼓舞，认为可以将已经被废除的公行制度改头换面，继续垄断茶叶贸易。恢复官办茶栈一事，尤以伍崇曜奔走得最为积极，在两广总督徐广缙的支持和推动下，1850年茶栈和茶叶贸易执照制度建立起来。这完全是十三行行商制度的翻版，政府向符合条件的茶商发放经营特许证，一切从外地输入广州的茶叶都必须到指

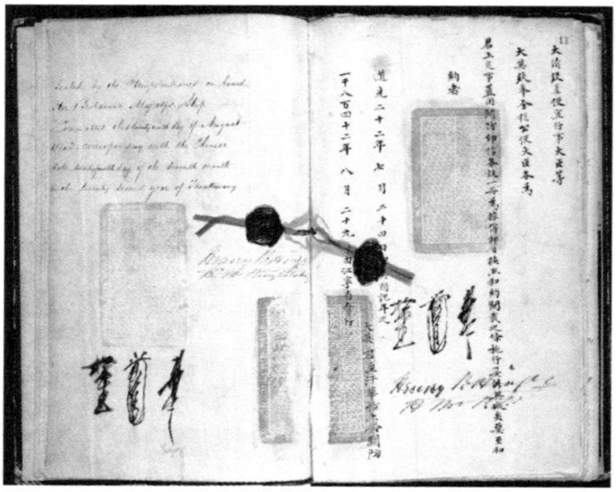

《南京条约》局部

定的茶商处交易存储。好不容易争取到自由贸易的英国人自然不愿意重走老路。自1850年起，港督文翰多次向徐广缙、叶名琛等广东官员交涉，要求取消茶栈和茶叶贸易执照，但广东政府始终不肯退让，直到第二次鸦片战争之后，双方的极限拉扯才宣告结束。

英国通过《南京条约》打开中国市场后，英国各行业的商人都自信满满，就等着将商品倾销到中国大发其财，结果他们愕然地发现，“1842年的条约在促进英国对华出口贸易方面，没有发生丝毫影响”（马克思语）。从1845年到1855年第二次鸦片战争前夕，英国输入中国的棉纱只增加了10%左右，而棉布则下降了30%以上。在新的外贸中心上海，除了在1845年进口商品额有明显的增加，由道光二十二年（1842）的969 581英镑增加到2 394 827英镑，后面几年整体都在下降，反观中国的茶叶和丝织品出口倒是每年创新高。1850年英国对中国贸易逆差为4 274 880英镑，到1856年扩大为8 436 072英镑。

英国人认为这都是没有在《南京条约》里明确约定鸦片贸易合法化的缘故——尽管英国发动第一次鸦片战争的直接原因就是维护在华鸦片贸易，而且鸦片贩子在提供情报、物资、船舰等方面都出力不小，但英国政府为了保住那块道德遮羞布，拒不承认战争和鸦片有关，以至于中英双方在《南京条约》里绝口不提“鸦片”二字，倒是《泰晤士报》很耿直地将这场战争称为“鸦片战争”，后成为公认的历史术语。

虽然条约里没有明确说明，但中英双方皆默认鸦片贸易的合法性。中国的禁烟运动在第一次鸦片战争后宣告失败，19世纪50年代，当初许乃济提出的国内种植鸦片合法化也终于实现，自1850年起，清政府不再禁止民间种植鸦片，中国本土的鸦片数量和质量因此得到质的飞跃，渐渐蚕食进口鸦片的市场份额。再者，中国自给自足的自然经济对外来商品有强大的抵制作用，英国认为只有五个开放的通商口岸远远不够。因此，英国想要中国开放更多口岸，以获得更多市场来倾销鸦片和其他工业品。在1854年和1856年两次提出修约要求而被清政府拒绝后，英国开始寻找借口，准备发动一场新的战争。

四、广州城战役与十三行的完结

1856年10月8日，广东水师逮捕了窝藏在中国商船“亚罗”号上的2名中国海盗和10名有嫌疑的中国水手，因该船曾在香港注册过（执照已经期满失效），英国驻广州领事巴夏礼在英国驻华公使、香港总督包令的指使下，致函两广总督叶名琛，硬说其为英国船，还诬告清军士兵侮辱“亚罗”号上的英国国旗，要求中方释放犯人并赔礼道歉。

面对巴夏礼的无理要求，叶名琛态度十分强硬，不赔偿，不道歉，只答应放人。他的态度正中英国人下怀，1856年10月22日，英国海军上将西马糜各厘率领英国舰队闯入虎门，翌日悍然向广州发动进攻，第二次鸦片战争开始。由于英国以“亚罗”号事件作为开战借口，因此英国方面亦将第二次鸦片战争称为“亚罗号战争”（或曰“英法联军之役”“第二次中英战争”）。

第二次鸦片战争的起止时间是1856年10月—1860年10月，其中“广州城战役”与十三行的消亡有直接关系，因此下文将重点讲述这部分。

虎门作为广东最重要的门户，早在第一次鸦片战争之前便构建了虎门炮台群，11座炮台300多门火炮分为三重护卫着珠江口，以“金锁铜关”著称。然而，中式炮台在设计上存在缺陷，只重视加强向海面的正面攻防，而忽略了后方的防卫，因此第一次鸦片战争中就被英国军队从后侧接连攻陷。到了第二次鸦片战争，情况依旧没有改观，英国海军只花了三天时间，就接连占领了虎门各炮台。

10月26日恰逢英国人礼拜日，所以这一天他们停止进攻，但扬言第二日“飞炮入城”。伍崇曜从中斡旋，得到的回复是必须赔偿银钱，但谁也不敢把这个话传给叶名琛——就算传达了也没用，都知道叶名琛绝对不会同意。10月27日，英国舰队兵临城下，炮轰广州。10月28日下午，英军在靖海门外放火，火势蔓延至城楼附近，将两广总督行署前城外一带的民房以及油栏门烧毁，叶名琛等官员撤离督署，退入内城抚署。

10月29日，英军攻入广州，对两广总督行署进行了一番洗劫，“用火药焚一德社铺户，又毁靖海、五仙二门”后当晚便退出广州城，泊舰珠江。英方没有占领广州的举动并非“客气”，而是它刚刚从克里米亚战争中脱身出来，暂时无暇顾及中国。当时英军在华总兵力不足2000人，而进入广州城内的兵员还不到百人，且伤亡近30人，这点兵力让英国人不敢轻易占领广州。此后两个月，广州军民频频以游击之术袭扰英军，而英军则盘踞珠江进行防守和炮轰广州，始终不进城，也不离开，双方陷入僵持状态。

1856年12月，时任侵华英国海军舰队司令的海军上将西马糜各厘将英军集中于十三行商行，并占领了通往商馆区的新豆栏，拆毁商馆北面和东面的中国民房与店铺，防止中国军民的侵袭。

12月15日夜，西关发生了一起离奇的火灾事件。据清人华廷杰《触藩始末》记录，先是西关街店不明原因起火，随后火势扩大，将英国、法国和美国的商馆悉数烧毁，“风大火烈，愈救愈焚，尽成灰烬。夜中遥望火光，都作五色煜耀，或谓珠宝毁裂所致。于是数十年所谓十三洋行者，皆成瓦砾场，非天道哉！”

外国商馆被烧毁，居住其间的人只得全部撤到船上。英国人怀疑是中国人纵火，于1857年1月13日实施报复，一把火将十三行行商租赁给外国商人的洋行焚毁，失去控制的火势渐延渐广，一昼夜之间，从西濠烧到西炮台，数千民居店铺被毁，给摇摇欲坠的十三行再加一重打击。从1857年1月至6月，英国军队同广州军民先后进行了遯溪、平洲、佛山三次较大战役，英军伤亡惨重，不得不放弃大黄滘炮台退回香港等候援军。

此时的香港因中英开战无法进行通商贸易，“英人穷极无聊，不但拖欠兵饷，日用亦颇贫窘，急盼通商”。1857年5月10日，印度密拉特爆发反对英国殖民统治的起义。起义军在第二天就攻下首都德里，随后迅速蔓延至印度北部、中部、南部的二十个地区，英国不得不优先向印度调兵。为了尽快逼迫清政府屈服以获取更多利益，也为了尽快恢复香港的通商贸易，英国决定寻找盟友。

尽管英法在历史上一直是竞争对手，曾经从欧洲一直打到海外，但在1853—1856年的克里米亚战争中，为了遏制俄罗斯在欧洲大陆扩大其势力范围及影响力，防止俄罗斯打破欧洲均势，英、法、奥斯曼帝国和撒丁王国结为同盟共同对抗俄罗斯。这次战争虽以联军胜利告终，但英法两国并未获得太多实质性的好处，还损失了不少军费。于是当英国再次向法国提出联合出兵的要求，以便向清政府索取更多利益时，法国欣然接受。

恰好这个时候发生了“马神甫事件”，法国立刻效仿英国，以此作为开战借口。“马神甫事件”又称为“西林教案”，咸丰三年（1853），法国天主教神父马赖非法潜入广西西林县，借着传教和当地黑恶势力相勾结，无恶不作，当地百姓怨声载道。咸丰六年（1856），新任西林知县张鸣凤根据村民诉状，查明情况属实后，抓捕马赖及不法教众共26人，依法判处马赖及两名教徒死刑，其余分别论罪处罚。法国便抓住这个由头对清宣战。

1857年11月，英国船舰又进入珠江，船上插着白旗，表明是前来送照会谈判而不是开战。叶名琛遂派南海县丞许文深前去相见取照会。许文深到了指定地点，发现在场的除了英国船还有法国船，便判断出两国已经结盟。英法两国代表将照会交给许文深后就开船离开，毫不拖泥带水，许文深也随即返回，将照会交给叶名琛。

照会的主要诉求还是那三件事——要进城谈判、要广州河南地块，索赔1856年12月被焚的商馆、货物、银两，此外还有通商请求，但“措辞不逊”。叶名琛认为，英国

叶名琛

人穷困窘迫得着急通商，只是不甘心求人，所以才虚张声势放狠话，况且他们船插白旗，已是投降之意，因而对所求三事一件未允，只许诺通商。

而英法两国递交照会后，船只再次进入珠江且陆续增多，“英法两国旗帜布满河面，又夺河南店铺驻兵……人情汹汹，近河一带居民尽徙，司道以下文武各官俱忧之”。然而叶名琛依旧认为洋人只是拿架势恐吓人，还是固守他的“六不政策”——不战不和不守，不死不降不走。当时伍崇曜对僵持不下的局势感到忧虑，授意许文深秘密请示叶名琛，是否要派自己前往敌船一探究竟，看看有无转圜余地，被叶名琛大骂一通，此事也就不了了之。

然而就在第二天，英国人便带着一二百名士兵从东边上岸，一路游游荡荡到清军校场。当时校场有邓安邦带着一千名清兵驻扎在此，面对如此明目张胆的挑衅，他们坚决奉行叶名琛的“六不政策”无动于衷。于是英国得寸进尺，“又向西边宜城上岸，至西村、瑶台等处”。广州方面的官员得到密报，说敌人在布置炮位，极有可能要炮轰广州，但叶名琛依旧没有任何反应——甚至连动都不曾挪动一下。他的幕僚、下属和家丁都撤走了，唯独他全家依然安坐督署。

1857年12月28日黎明，英法联军炮击广州，并登陆攻城，两广总督行署成为英法炮火重点轰炸目标，叶名琛迫不得已撤到内城粤华书院。他离开后没多久，督署便被炮弹击中而引发火灾，最后化为一片灰烬。华廷杰在《触藩始末》里详细描述了当天的战争情形："是日，敌炮五六处齐发，一面轰击督署，一面驱兵由东边上岸，望城直扑，千总邓安邦带东勇一千名，开仗抵御……至酉刻，遂失去东固炮台……午刻，双门底落炮，火然烟起……楼上贮铜壶滴漏，晷刻不差累黍，是元时故物，及一切官书板片，都化灰烬……"

在英法联军密集炮火的攻击下，尽管都统来存、千总邓安邦率兵顽强抵抗，广州城依旧于第二日（12月29日）失守，英法联军攻入城内，占据制高点观音山（今越秀山）并抢夺了旁边的火药局，使得广州城防"更失所恃，合城军民瓦解无斗志矣"。当天傍晚，广东巡抚柏贵遣番禺知县李星衢到西关找伍崇曜和梁纶枢，计划与英法联军议和。

第二天，伍崇曜等前去面见叶名琛，陈述形势。叶名琛仍坚持洋人不可以进城。而柏贵已经决心和谈，令伍崇曜、梁纶枢、易景兰、俞文照与英法联军斡旋。12月31日，伍崇曜等前往英国舰船谈判，当时英国公使额尔金正坐在泊于珠江的舰船上，但他故意不见伍崇曜四人，只让汉奸张同云、李小春及领事官威妥玛、巴夏礼出来相见。几人对叶名琛“恨恨不已”，不停数落责骂，但说到谈和就言辞闪烁、态度暧昧，“似乎可行，却无一切实语”。伍崇曜等连续和对方交涉几天，最后对方才微微透露必须到天津讲和的意思。换句话说，他们不屑于跟地方官员谈判，要直接与清朝中央政府对话。

谈判头一天，伍崇曜等传回英法联军的意思，说可以谈和，但广州必须把城里的兵勇全部撤走，否则只要清军有异动，他们就从观音山向下放炮，大家都别想好过。这一次叶名琛退让了，下令林勇退到二十里外的石井扎营，而邓安邦带领的七百名东勇则前往番禺增城交界处围剿逃犯，城中一时兵力空虚。

也就在这段时间，城中突然出现一种流言，说外国人仇恨的人只有叶名琛，因为他的固执己见，让广州平白遭受这么多炮火，损失惨重，言下之意是将叶名琛交出去就没事了。面对此等恶意，叶名琛倒也没有躲避的意思，只是口气有所松动了：“各绅讲和，他事都可许，或给以银钱都无不可，盖彼实穷窘异常，独进城一节断不可许。”可以道歉，可以赔钱，但进城万万不可。

1858年1月5日，盘踞在观音山的英法联军突然分数队下山，分别至粤华书院及抚宪府、将军府、左都统府、南海县、番禺县各署搜寻叶名琛，后将叶名琛、柏贵、左都统双龄、广州将军穆克德讷等官员掳到观音山。当天傍晚，叶名琛就被送上火轮船带往印度。当时叶名琛以为自己是要被带到英国本土，满心指望能够面见英王进行一番理论，因此当随从示意他投水自尽以全名节时，他没有这么做。等后来到印度发现见英王和归国皆无望后，他吃完自带的食物后便坚决拒绝食用外国食物，绝食而亡，可悲可叹。

为了赎回被抓到观音山上的众官员，伍崇曜等十三行行商自1月6日起便多次上山与英法联军交涉，到1月8日终于得到确切消息，说第二天可放柏贵、穆克德讷等回城。“二十五日（1月9日），洋酋列全军炮械，分队下山，数酋均鼓乐迎导而前，抚宪最后入署。时洋酋先降阶接入，让之上坐，彼盖自居主人，而以抚宪为客也，哀哉！”

“护送”清朝官员下山的英法联军趁机成立了由英国陆军上校托马斯·霍洛韦、驻广州领事官员巴夏礼、法国海军上校马蒂诺组成的联军委员会。广东巡抚、广州将军自此沦为傀儡，在联军委员会的监督下继续担任原职，供敌驱使。尤其是柏贵，他和家人被安排单独住在四堂门外，“层层守以洋兵，盘诘甚严”，轻易不许外人进入，连与英法联军已颇为相熟的伍崇曜等人想去探询柏贵也遭到拒绝。

英法联军攻占广州后，伍崇曜为保广州安全计，出面奔走议和，多方调停，还因此挨了巴夏礼一个耳光。然而他的努力并未得到民众的理解，很多人只看到了他的软弱，将其斥为汉奸。1863年，伍崇曜于广州病逝，死的时候市民“佥以死一大汉奸为幸”。

另一方面，英法联军虽然占领了广州，但迎接他们的是当地军民不屈不挠的抵抗和游击，广州附近义民在佛山镇成立团练局，集合数万人，御侮杀敌。香港、澳门等地区的爱国志士也纷纷罢工，以示抗议。1858年7月5日《中国邮报》载：“广州的局势一天比一天糟糕；每天晚上都有火箭射到联军的阵地上。城郊充塞着乡勇(义勇兵)，大家都认为他们中有很大一部分人就在离我们哨兵最多只有几百码的地方转来转去……有好几个士兵被杀或劫走；甚

十三行大火

至在城内也免不了暗杀事件……落在英法人居住区的火箭是从墙外和越过高墙投射进来的。”

在这场“广州城战役”中，已经衰落的十三行屡遭火灾，包括商馆、洋行、货栈等在内的建筑以及无数货物财富就此灰飞烟灭，十三行遭到了极为严重的打击，从此一蹶不振。

1915年夏，“乙卯大水灾”在广州肆虐。7月13日，因水灾而避居屋顶的市民在煮饭时不慎失火，祸及专售火油、火柴等易燃物的同兴街。油箱爆炸，油浮水面，火随油流。火势更借珠江上首尾联结的船艇蔓延至河南大基头，珠江两岸顿成火海。大火持续两天两夜，波及25条街道，烧毁商店2000余家，死亡1500余人，财产损失约白银200万两，十三行彻底化为一片白地，从制度到物质载体彻底消亡，再也寻不到一丝旧时的繁华。而今，当我们想要凭吊往昔时，所能找到的无非就是一条名叫“十三行”的街道，以及人来人往、热闹非凡的服装批发市场。从某种意义上说，如今的十三行服装批发市场，也是百年前十三行商业基因的继承者。

五、广州沙面与上海外滩的诞生

在十三行消失于熊熊大火之后，占领广州的英法两国决定另外物色更好的商业基地。此时外国人不得进入广州内城的规定早已作废，他们需要做的是寻找新的地块以建立新的商馆区。英国人对1856年12月那场大火耿耿于怀，始终认定是中国人所为（之后的史料多采用此说法），以此为借口，向清政府连本带利索赔了2.5万银圆，其中的一半赔付给了在火灾中受损的外国商人，另一半则用于重建商馆区。

英法两国看中的地块有两处。一处是“十三行旧基东边接连之西濠口一带”，也即1856年大火火场，因这一带的建筑全部被焚毁，只须清理地基便可建造房屋，比较省事。另外一处即今日沙面。沙面系珠江淤积而成的滩地，地势低平，潮水一来经常被淹没，所以当时除了一些“轻贱无籍”的人或疍民在上面临时搭棚居住外，一片荒芜。若要开发使用，搬迁不费吹灰之力，但需要耗费大量人力

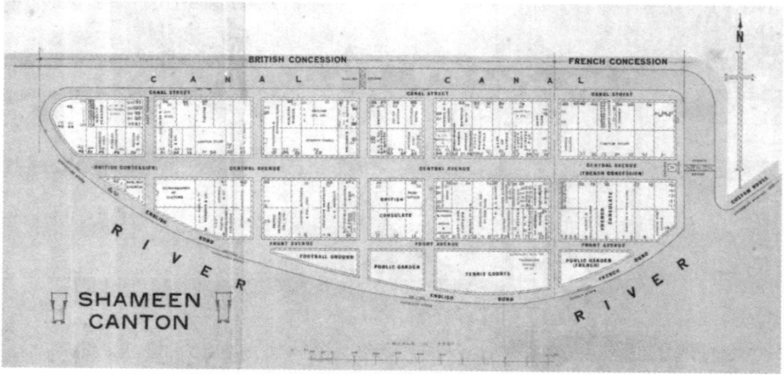

沙面的英文旧地图

物力对地块进行改造，比如排水、筑堤、填平地基等，否则无法规划建筑。

这两个地块里头，英法两国更倾向沙面，虽然改造费力，然而省了和各种业主打交道的麻烦，另外还有一点隐秘的心思就是，他们始终对1856年的大火心有余悸，害怕将来又被人放一把火，而沙面的地理位置完全可以化洲为岛，与广州城呈若即若离之势，有利于防守。

至于改造经费问题，英法两国计划从清政府的赔偿款里出，因此1859年7月6日（咸丰九年六月初七），巴夏礼和马蒂诺联名向时任广东巡抚的毕承昭发出照会，提出英法方面负责沙面填筑工程的施工规划、监督和价格核算，广东巡抚部院、粤海关及十三行行商（各绅）等负责招徕匠人进行具体施工并给付工银。英法两国还提出指定香港管理工部首领官克作为沙面建设项目的具体负责人，一概银钱开支均须由他经手。

毕承昭和继任者劳崇光对英法希望在沙面建造商馆的要求无异议，但指出沙面系官地，需要缴纳租金。1859年7月23日，在租金问题悬而未决的情况下，沙面填筑工程正式启动，耗资约28万银圆，完成了清理河岸、填充砂石、抬高地面、修筑一道高于高水位线5—6英尺的石堤等工程，又在其北面挖掘人工河，将沙面改造成一座小岛。由于工程浩繁，原本约定工期为18个月，但直到1861年秋天才宣告完工。英法两国按照各自在工程中的出资比例划分区域，各自建设，沙面的近现代化建设由此拉开序幕，并在后来成为广州城市近代化规划建设的参考样本。

1861年9月3日，中英两国签署《沙面租赁条约》，勘定沙面面积为264亩，英法两国以每亩1500文铜钱的租金向清政府租借，“永归大英国随意使用”。所谓的“随意使用”，指的是英法两国可以在沙面实行行政管理、收税和经理一切事务，在不短缺租金的前提下，清政府无权干涉沙面事务。自此沙面成为英法租界。两国各自范围内均有一桥与华界相通，规定沿沙面河涌宽90英尺，贴近沙面的45英尺范围属于沙面租界，中国船只不能停泊。

沙面筑堤造岛工程完工后，不管是外国人、清政府

沙　面

当局还是广州士绅都对它产生了很大兴趣，认定这里未来“将会成为一片宏伟的建筑区”。《沙面租赁条约》签订后，英国人将沙面英国租界划为82幅地皮，除了保留6幅作为英国驻广州总领事馆及官员办公用地、一幅建造基督教沙面堂之外，剩下的75幅全部对外公开拍卖，以这种方式进行融资，陆续修建了大量漂亮的新式办公楼和住宅，美化改善沙面环境，修建马路和人行道，植树等。

沙面慢慢成为各国建筑在广州的展示地，曾有十多个国家在沙面设立领事馆，9家外国银行、40多家洋行在沙面经营，粤海关会所、广州俱乐部等在沙面相继成立。随着沙面租界商业、金融业的发展和兴旺，人们逐渐淡忘了那曾经独领风骚的十三行。

另一方面，自从《南京条约》签订，废除了公行制度，结束了广州一口通商的时代之后，中国五个口岸同时对外商开放，外贸中心很快由广州转至上海，同时南边的香港开埠后，贸易也日渐繁荣起来，广州十三行的垄断局面彻底被打破。

广州的独占优势不再，大批外商纷纷转向更接近生丝和茶叶产地的宁波、上海，商业嗅觉灵敏的十三行行商也随着外商转移到了上海，又带动一批为商行做事的广东人来到上海，形成了上海第一波移民潮。

19世纪50年代，上海取代广州成为中国最大的贸易口岸，追溯这背后的发展轨迹，第一批开拓者很多都是广东商人。上海开埠前，广东人贩卖至上海的货物，以砂糖为大宗，红木、香料、染料（苏木）也不少。伴随上海的崛起，广东输往上海的，最惹眼的不再是货物，而是一群叫“买办”的人。由于广东人与洋商在十三行时代结下的历史渊源，最初的上海洋行买办，“半皆粤人为之”。

买办阶层因中国清代独特的十三行行商制度而诞生，最早可追溯至清代前中期。他们不是行商，而是在商馆里为外国人服务的中国职员，包括通事、仆役、采购、会计等，虽然有着服务外国商人的属性，但更多是受政府控制，然后又控制着外商，即所谓的“以官制商，以商制夷”。

十三行时期的买办大致分为两类：一类是专为停泊在黄埔、澳门水域的外商船只采买物料及食品的商船买办；一类是在外商商馆中代外商管理总务及现金的商馆买办。商馆买办由为外国服务的仆役头目演化而来，他们的身份比普通仆役特殊，必须由行商、通事结保，并向粤海关领取牌照才能充当。一方面，他们照拂着外商的衣食住行，无微不至地侍候着洋行大班；另一方面，他们执行着政府交予的管束外国人的政治任务。

在部分寓居夷馆的外国商人眼中，买办的重要性和权柄之大有时甚于行商，主要的一点就是夷馆中所有中国服务人员，包括外商会计、厨子、仆人、苦力等，都是买办的“自己人”。买办不仅掌握着服务外商的人事大权，也管理着外商在商馆的办事机构和账目，甚至连存放所有现款和账本、文件、信函等贵重物品的商馆银库也在买办管理之下。因此买办是与外商接触最为紧密，也是最肯为外商奔走代理的人。他们虽然肩负着兼管外商的责任，但同样也很容易被外商支配。比如买办的薪资虽然少，但他的雇主却允许他从别的事项上获得大额津贴，类似在鉴定外国银圆时收取手续费（每1000元西班牙银圆抽2分），商馆对外付款时1000元西班牙银圆以下每元收底子钱5文，采办商馆必需品时可抽佣金等。

可以说，买办和外国商人被金钱关系绑在了一起，到了后来，他们中间逐渐分化出一批人成为外商代理人，代替外商出面从事投资经营活动，并帮助外商与政府周旋，从清政府管束外商的工具变为外商进行商业扩张的工具，成为近代买办阶级的前身。

在上海开埠初期，最有名的一个买办是来自广东的阿林（A Lum）。他原本是一名散商，后随外国洋行来到上海，一面充当英国商人的掮客，将英国制造品推销到内地，一面介绍内地丝茶商人来上海与外商交易，并指点上海本地商人如何与外国商人打交道、如何进行对外贸易等。而贸易很重要的一点就是语言沟通。

早在乾隆时期，为了便于和外国商人做生意，在广州出现了所谓的“广州英语”（Canton English），指行商用广州话注音，带有浓重广州话口音的英语。据司徒尚纪教授统计，至1949年，用广州话标注的“广州英语”单词有160多个，几乎都是与贸易有关的词汇。

“广州英语”虽然发音不标准，但是在谈生意时很管用，十三行行商甚至承担起政府的翻译工作。英国贡船入京见嘉庆皇帝的时候，嘉庆皇帝宣召两名熟悉英语的行商作为翻译；两广总督收到外国大班的公文，也是由行商翻译成中文的。“广州英语”后来随行商到上海经商而流行于洋泾浜，演变成“洋泾浜英语”。

阿林深受英国商人信任，他们借钱给他开办了一家名为“义升行”（Esang Hong）的仓栈，几乎所有在上海做生意的外国商人都将货物交给他代理，据说在1845年，阿林经手的贸易量占了上海进出口贸易总额的三分之二，一时风头无两。除了阿林，还有不少广东籍洋行买办于上海大放异彩，如林阿钦（Lin Achin），以及晚清“四大买办”中的唐廷枢、徐润和郑观应，他们为后来的洋务运动和实业救国作出了巨大贡献。

对于外国商人来说，上海的经商环境比广州和香港都要优越，他们认为“上海的生活条件比广州要舒适得多，有广大的空间足供愉快的生活，又没有商馆的限制，而且还有前往四乡去的自由”。当然也有麻烦的事，一是语言不通；二是上海开埠之初，上海知县遵循外国人不得入城的惯例，宣称城内没有多余的房屋租给外国人。

两个麻烦最后都被广东商人解决了。掮客和买办化解了第一个麻烦，而十三行行商则解决了第二个麻烦。他们携带大笔资金来到上海，买下大片房地产，计划打造成上海版“十三行夷馆”，打算租给外国商人。但由于清政府官员收受了英国商人的贿赂，两方联手狠狠将广东行商坑了一把。

1844年4月，广东行商与英国宝顺洋行达成上海首个地产租赁协议，原本双方约定每亩土地押金99 870文、年租金3574文，不料英国领事巴富尔与苏松太道宫慕久一番商议之后，将押金升至1 579 430文，租金降至1500文——看上去总金额上涨了15倍多，但这笔钱是直接支付给政府当局的，广东行商一文钱都摸不着。

为了长期获取这笔不菲的收入，宫慕久还出台《上海土地章程》，规定外国商人租地建房后，只允许外国商人主动提出退租，不准广东行商退租和增加租金。如此一来，广东行商虽名义上是地产主人，却被剥夺了对房地产的处分权，在收不到租金的情况下，被迫永久将其租给英国人，而后者凭借特权在上海房地产价格飞速上涨的时候充当二房东，将房屋转租出去大发其财，等于变相获得了永久性土地使用权。

被套牢的广东行商不甘心白白为人作嫁衣，他们咬着牙等待时机翻身。1848年，机会似乎到来了。这年同为十三行行商出身的吴健彰出任苏松太道兼江海关监督，在上海的广东行商满心指望吴健彰能为他们做主，废除这极度不公平的规定。然而此时英、法、美等国已经不满足于自《南京条约》获得的好处，不断逼迫清政府修约，以扩大在整个中国的权益。

英、法、美三国在上海向吴健彰施加压力，提出要扩大租界。吴健彰屈服了，不但没有替广东行商要回租界的收租权和处分权，反而同意扩大租界范围，使得其时英、法、美三国租界总面积加起来超过了上海县城面积。上海至此确立了半殖民地化的租界制度，并推及全国各通商口岸。依托租界，英国商人在上海站稳脚跟，并一步步扩张，最后形成了举世闻名的外滩，上海亦逐渐成为洋行林立、商舶如云的远东第一大港口，被称为“冒险家的乐园”，继承了广州十三行的衣钵并取代了它。

结 语

十三行作为一项制度，随1842年第一次鸦片战争结束而终止；而作为一片商区，虽然自中英《南京条约》签订之时起便丧失了唯一通商口岸之垄断地位，风光大不如前，但它依然顽强地继续存在了73年，只可惜在经历了1856年、1915年两次大火之后，终究被祝融抹去了一切——无论从物理意义还是从制度意义。

然而，十三行在历史上留下的并不仅仅是“粤东十三家洋行，家家金珠论斗量。楼阑粉白旗竿长，楼窗悬镜望重洋”的富贵奢华印象，也不只是关于财富的传说，这样未免流于片面，十三行对近代中国尤其是近代广州的形成所产生的影响和推动力，可能超乎今人的想象，其影响范围不仅限于商贸层面，还包括由此衍生的近代手工业、工厂，以及随之产生的买办阶层和资产阶级，更辐射至文化、艺术、科技、医学、对外交流等方方面面。十三行的行商们不但精于生意，在艺文科学和军备教育方面亦投资颇多（其中很多为公益性质），例如第一次鸦片战争期间，十三行商人率先捐资引进西方先进技术，提升广东水师的装备；行商潘世荣致力于仿制当时世界上最先进的火轮船；潘仕成高薪聘请美国海军军官仿制出中国最早的近代化水雷“攻船水雷”；会隆行行商郑崇谦积极推行施种牛痘，是最早传播牛痘法的中国人……

他们在积累下不菲身家之后，往往鼓励家族子弟读书从文，以期一洗家族的“铜臭味”。同文行的潘氏家族，就先后出了五位举人、四位翰林。大约从乾隆二十年（1755）开始，在行商捐资办学的影响下，广东地区掀起了一股兴办书院热潮，到了道光二十年（1840）前后，仅广州就有包括越华、文澜等知名书院在内的书院30间。甚至那些向来勤勉好学的行商本人在文化界也有一席之地。据《番禺河南小志》记载：“伍氏喜刻书，叶氏喜刻帖，潘氏独以著作传。”伍崇曜致力于搜书、藏书、刻书，前后所辑刻书有《岭南遗书》《粤十三家集》《楚庭耆旧遗诗》《粤雅堂丛书》等。潘仕成则将海山仙馆内的数万卷藏书和千多块名匠石刻编撰刊印成《海山仙馆丛书》，共56种，近五百卷。伍崇曜的粤雅堂和潘仕成的海山仙馆藏书甚巨，与康有为的万木草堂、孔广陶的岳雪楼并称“粤省四家”，即四大藏书楼。

甚至可以说，十三行对今天以广州、澳门、香港为核心的大湾区城市群的城市精神和气质的雕塑亦起到很大的作用，这是无论多少场大火都烧毁不了的。今天，当我们用一系列词汇来形容岭南城市的文化特征时，会发现它们大多数来自十三行时期或十三行的继承者，如西关大屋、满洲窗、岭南画派、广彩、广绣等等。广东地区负山带海，中有江河勾连的自然地理格局，不仅赋予其浓厚的海洋文化基因，更注定了它必然成为历代王朝观察外界和与外界交流的窗口之一。十三行兴起于特殊的历史政治背景下，整个国家所有对外贸易都集中于一个城市，导致了财富和人才的集中，继而改变了城市的结构和功能。这种机遇此前未见，此后亦多半不会再有。广州拥有近两千多年的对外贸易史，而独以十三行时期在岭南城市的所有方面留下的印记最为深刻，一方面固然因为它离当下最近，另一方面便是得益于清代独特的外贸制度。

若以1686年李士桢颁布《分别住行货税》文告并招募“身家殷实”之人充任洋货行商作为十三行开始的标志，而以1915年十三行痕迹彻底消失为终，十三行的历史至多只有229年，但这两个多世纪的时间里却折叠了十三行数之不尽的内容，我们在此仅仅只是沿着它的时间脉络对这一制度（或云机构，或云区域）进行了梳理，叙述半径并不很大，在这个半径之外，还有很多精彩的话题可以展开——比如那些外国商人的经历、比如当时在欧洲各国眼中的中华帝国是怎样的形象、比如一艘船只是如何跨越漫长的海途来到广州、比如行商们的故事、比如粤海关与皇帝的关系、比如各色各样精美琳琅的舶来品和外销品——

它们作为最直接的艺术文化交流，曾对东西方的审美与风尚产生过双向影响，凡此种种，俯拾皆是。文字暂止于此，而追索犹未穷尽……